光文社文庫

長編時代小説

春風そよぐ
父子十手捕物日記

鈴木英治

光 文 社

目次

春風そよぐ　父子十手捕物日記

第一章　心配の種

一

「また来ます」

目の前の墓にいい置いて、高倉源四郎《たかくらげんしろう》はきびすを返した。

寺は小梅村《こうめむら》にあり、得鏡寺《とくきょうじ》といった。本堂の横で源四郎は、箒《ほうき》で枯れ葉を掃いている住職に挨拶《あいさつ》した。

「源四郎どのは毎日見えているのですね」

穏やかな風貌《ふうぼう》の住職が柔和にほほえむ。

「高倉さまも、お喜びでしょうな。寂しがられることはございますまい」

一礼して源四郎は山門を出た。業平橋《なりひらばし》を渡り、中之郷八軒町《なかのごうはちけんちょう》にある道場に向かう。

道場に近づくにつれ、小気味いい気合と竹刀《しない》の激しく打ち合わされる音が乾いた大気を突き破るように響いてきた。

源四郎は道場内に入った。門人たちが挨拶してきたが、その声と態度はどこかよそよそしい。

納戸で着替えをし、竹刀を手に道場に出る。

しかし門人たちは源四郎に気づかない顔で、目の前の相手と稽古《けいこ》を続けている。

源四郎は、すぐそばで竹刀を打ち合っている男の肩を叩《たた》いた。

「やらんか」

門人が驚いたように振り向いた。

「いえ、でも今は」

源四郎はにやりと笑った。門人が顔をひきつらせる。源四郎は自分が笑うと、いかにも冷酷そうに見えるのを知っている。

「そんなやつとやっても、腕はあがらんぞ」

「なんだと」

そんなやつ、といわれた門人が竹刀をぶんと振って進み出てきた。

誘いに乗ったか。源四郎はほくそえんだ。

「牛川《うしかわ》さん、駄目だ」

稽古相手がとめる。牛川と呼ばれた男は腕を振り払い、源四郎の前に立った。

「やるのか」

源四郎が低い声で聞くと、牛川が一瞬、ひるみを見せた。

「おう、やるさ」

「本当か」

疑り深い目で見、にやりとしてみせた。

「前に叩きのめされたのを忘れちまったか」

面のなかで男が顔色を変えた。

「あのときとはちがうぞ」

「どうだかな」

怒りをこらえた顔で牛川が顎《あご》をしゃくった。

「はやいところやろう」

「牛川さん、やめたほうがいい」

稽古相手が再度とめる。

「川田《かわだ》さんに叱《しか》られますよ」

川田というのは、師範代の川田太兵衛《たへえ》のことだ。

「なんだ、やはり川田が怖いのか。相変わらずつまらん連中だな」

源四郎は牛川を冷ややかに見た。

「やるのか、やめるのか」

「やるに決まっておろう」

「牛川さん」

稽古相手は泣きそうな顔をしている。ほかの門人たちも稽古の手をとめ、まわりに集まってきた。

「やめたほうがいいぞ、牛川」

「そうだ、相手にするだけ無駄だ」

門人たちが口々に押しとどめようとする。

もっといえ、と源四郎は思った。それだけ牛川は引っこみがつかなくなる。

「源四郎、はやくしろ」

いい捨てるようにした牛川が憤然と道場のまんなかに立った。

よかろう、と源四郎は足を進め、牛川と相対した。

「防具は」

源四郎をにらみつけて牛川がきく。源四郎は面も胴も着けていない。片頬《かたほお》をあげた笑いで黙殺し、ぶんと竹刀を振ることで答えとした。

「それでやろうというのか」

「あんたの腕ではここまで届くまい」

源四郎は拳で顔と腹を叩いた。牛川がむっとしつつも、なんとか冷静を装って問う。

「もう一度きくぞ。本当にいいのか」

「俺《おれ》に気をつかってるのか。そんな暇があったら、おのれの身を気づかったほうがいい」

牛川が門人たちを見、一人に目をとめた。

「岸田《きしだ》さん、審判を頼む」

岸田は三席にある高弟だ。

「牛川、本当にやるのか」

「むろん」

「いつまでもうだうだいっているより、さっさとすませちまったほうがいいと思うぜ」

首をまわし、岸田がぎろりと見る。源四郎は平然と見返した。

「よかろう」

岸田が源四郎と牛川のあいだに立ち、手を掲げた。間をはかって手を振りおろす。

「はじめ」

源四郎は、目の前で竹刀を構えている牛川をじっと見た。いかにも隙《すき》だらけだ。この程度で、あのときとはちがうというのはおこがましい。

源四郎は蔑《さげす》みの笑いを漏らした。

牛川がむっと見直す。かすかに刀尖《とうせん》を動かし、たあ、と気合をこめて竹刀を繰りだしてきた。
上段から落ちてきた竹刀を、源四郎は楽々と弾《はじ》きあげた。そのあまりの衝撃の強さに、
牛川がうしろにひっくり返りそうになる。ああ、と門人たちが声をあげる。
もしすかさず間合をつめていたら、そこで勝負は決していたが、源四郎はあえて見逃した。

唇を嚙《か》み、体勢を立て直した牛川が突進してくる。面を狙《ねら》うと見せて、胴に竹刀がやってきた。

源四郎は左腕だけで打ち払った。牛川はまたふらつきかけたが、すばやく体をひるがえすや、だんと床を蹴《け》った。

逆袈裟《ぎゃくげさ》に竹刀がきたが、源四郎はかすかに体を揺らすだけで避《よ》けた。源四郎を見失った牛川がばっと振り向いた。

馬のようにぶるんと頭を一つ振って、突っこんできた。面、胴、小手と次々に狙ってきたが、源四郎は竹刀を用いることなく余裕の足取りでかわし続けた。

これだけで牛川は熱をだした病人のように息づかいが荒く、足元もおぼつかなくなった。顔には汗が噴きだし、着物もびっしょりだ。腰がふらふらし、刀尖が定まらない。

それでも、あきらめようとしない。必死に竹刀を振るってくる。

源四郎はいつ仕留めるか、それだけを考えて遊んでいた。

「やめろっ」

道場の隅からかかった声に、牛川がよろけつつも動きをとめた。声の方向をぼんやりと見やる。

源四郎は獲物を狙う鷹《たか》のように猛然と襲いかかり、下からすくいあげるような胴を見舞った。

牛川は竹刀に持ちあげられたようにうしろに吹っ飛び、尻《しり》から床に落ちた。ずずと一間《けん》ほど滑《すべ》ってから、板壁に体を打ちつけた。がくりと力なくうなだれる。

「きさまっ」

声のほうを見ると、師範代の川田太兵衛が紅潮した顔で立っていた。

「牛川はやめようとしていたではないか」

「あんたは審判ではない。その声をきいてやめようとするほうがどうかしている」

怒りをたたえた目で源四郎を見つめていたが、川田が目をすっとはずした。

「介抱してやれ」

数名の門人が牛川に駆け寄った。大丈夫か、と面を取ってやり、おい目を覚ませ、と頬をぴしゃぴしゃ叩く。

「大丈夫だよ。死にやしない。あれでも手加減したんだ」

足音も荒く川田が進んできた。門人たちを見渡す。

「相手をするな、といっておいたはずだが」

門人たちがうつむいた。

「川田……さん、あんたは俺とやるつもりはないのか」

「ない」

「まあ、気持ちはわかる。あんなぶざまな姿、二度と門人に見せたくないものな」

ふん、と鼻で笑って源四郎は竹刀を投げ捨てた。がらん、と音を立てて床を転がる。

「俺よりはるかに弱い男が師範代をやってるなんて、おかしいと自分でも思わんのか」

佇立《ちょりつ》したまま川田は黙っている。

「答えられんか。まあ、そうだろうな。じゃあな」

蔑みの眼差しを浴びせてから、源四郎は出口に向かって歩きだした。

「おい、源四郎」

背中に川田の声がかかる。

「いつまでここにいるんだ」

足をとめ源四郎は振り向いた。

「あんたにいわれる筋合いはない」

「いてもつらいだけだろうが」

「あんたに、俺の気持ちがわかるはずもなかろう」

源四郎は外に出た。空を見あげ、思いきり息を吸う。いてもつらいだけか、と思った。確かにその通りかもしれない。

二

「ねえ旦那《だんな》、のんびり蕎麦《そば》を食ってる場合じゃないですよ」

眉根《まゆね》を寄せて勇七《ゆうしち》が注意する。

「大丈夫だよ。出やしねえよ」

御牧文之介《みまきふみのすけ》は蕎麦切りを箸《はし》でつかみ、持ちあげた。つゆにつけ、一気に飲みこむ。

「どうしてわかるんです」

「俺が蕎麦を食ってるからだ」

文之介はせいろの最後の蕎麦切りを箸でつまんだ。名残《なごり》惜しげにすすりあげる。

「あー、うまかった」

つゆに入れた蕎麦湯をくいっと飲む。

「ああ、こいつもうめえな。勇七、そんなに外ばっかりにらんでねえで、おめえも食ったらどうだ」

「あっしは遠慮しておきますよ」

格子窓の向こうに目を向けたまままいう。

「相変わらずかてえな」

「旦那がやわらかすぎるんですよ。だいたい張りこんでいる最中、蕎麦を食おうなんて気によくなりますね」

「だって昔っからいうだろ、腹が減ったら戦《いくさ》はできぬ、ってな」

「それをいうなら、腹が減っては、ですよ」

「どっちでもいいじゃねえか。意味は変わらねえんだし」

文之介は小女《こおんな》を手招きした。

「盛りをあと二つくんな」

「承知しました」

「まだ食べるんですか」

「ああ、ここの蕎麦切りはうまいからな。なあ、ねえちゃん」

笑いかけると、ありがとうございます、といって小女が一礼した。下がろうとしたところを文之介は手を伸ばした。

尻をさわられた小女が、きゃっ、と跳ねあがる。なにするんです。小女がにらみつける。

「なにをするんですか」

これは勇七がいった。

「頼みますから、ちゃんと仕事、してくださいよ。——すまなかったな」

まったくもう。小女は怒りの声を小さくあげて、注文を通しに向かった。

「だって暇じゃねえか」

勇七がため息を一つついて首を振る。

「この通りに目をつけたまではよかったんだよなあ。どうも、そこからが抜けてるんだよなあ」

ぶつぶついっている。

「勇七、きこえてるぞ」

「ああ、そうですかい。それはご無礼を申しあげやした」

「まったく気が入ってねえ返事だぜ」

座敷の端に陣取った文之介は、外に目をやった。

二人は、このところ頻発しているひったくりを追っているのだ。年寄りや女ばかりを狙うひったくりで、被害に遭った者はすでに十三人にのぼっている。

文之介と勇七は絵図を見て、これまでひったくりが次々に異なる町や通りにあらわれては犯行を繰り返していることを知った。

いずれも深川《ふかがわ》で、伊沢町《いざわちょう》、一色町《いっしきちょう》、材木町《ざいもくちょう》、富久町《とみひさちょう》、平野町《ひらのちょう》、万年町《まんねんちょう》、蛤町《はまぐりちょう》ときていた。

いずれの町も近く、人通りはけっこうある。下手人がこのあたりに土地鑑があるのはまずまちがいなかった。

絵図をにらみつけていた文之介は、ひったくりが円を描くように犯行を行っていることに気づいた。次にひったくりがあらわれるのは佐賀町《さがちょう》代地か、黒江町《くろえちょう》のはずだった。

そのことを直属の上司の与力《よりき》である桑木又兵衛《くわきまたべえ》にいうと、すぐに張りこむように命じられたのだ。

どちらの町にするか。文之介の勘では佐賀町代地だった。

「俺がそっちを張らせてもらうぜ、文之介」

しかし、そちらは先輩同心の鹿戸吾市《しかとごいち》に取られた。

それで仕方なく、文之介は黒江町の蕎麦屋に陣取っているのだ。

昼の八つすぎの道は人通りが多く、誰《だれ》もがせわしげに歩いている。それも当然で、あと十日ばかりで今年も終わりなのだ。

師走《しわす》の押し迫った喧噪《けんそう》が町を包み、人々の背中をはやくはやくとせかしている。太陽はやがて来る新しい年を歓迎するかのように、穏やかに江戸の町を照らしていた。

「この分じゃ、いい正月になりそうだな」

「この天気がずっともつかはわからないですよ。去年と同じように、雪が降ったっておかしくないですから」

「相変わらず物事を明るく考えねえ男だぜ」

「旦那みたいになんでも明るく考えられるほうがどうかしてるんですよ」

「能天気、とでもいいたげな顔だな」

「あれ、どうしてわかるんです」

「おめえのその口の悪さはなんとかならねえのか」

文之介が口をとがらせたとき、小女がやってきた。

「お待ちどおさま」

蕎麦切りを畳の上に置く。

「おう、ありがとよ」

小女は尻をさわられないようあとずさりしつつ、離れていった。

「用心深い娘だぜ」

文之介は箸を手にした。

「旦那、本当に食べるつもりなんですか」

「当たり前だ」

「そんなに食ったら、動きが鈍くなっちまいますよ」

「大丈夫だよ、すぐにはあらわれねえよ」

「旦那が蕎麦切りを食ってるから、ですか」

「その通りだよ」

勇七はあきれ顔だ。

「馬鹿、冗談だ。本気にするな」

文之介は箸を振った。

「ひったくりだってこんなに白昼堂々、やらんだろう。たいてい黄昏《たそがれ》どきじゃねえか。それに出るのは、まちがいなく佐賀町代地のほうだ。鹿戸さんにまかせておきゃあいいよ」

文之介は蕎麦切りを口に放り入れた。少し嚙むと甘さが広がり、幸せな気分になった。蕎麦切りほどうめえものは、なかなかねえよな。これで酒が飲めたら最高だが。

文之介は蕎麦切りを食い続けた。一つたいらげて、もう一枚に移る。

大気を裂いて、女の叫び声がきこえた。ひったくりよ。誰かつかまえて。

「なんだとっ」

文之介はあわてて立ちあがった。

「勇七、急げっ」

畳の上にたたんでおいた黒羽織を手にして、文之介は沓脱《くつぬ》ぎで草履《ぞうり》を履いた。勇七はすでに道に飛びだしている。

「あの野郎、はええな。俺を置いていきやがって」

黒羽織の袖《そで》を通しながら、文之介は小女に向かって叫んだ。

「代は必ず払いに来るから、つけておいてくれ」

文之介は暖簾《のれん》を払って道に走りこんだ。

右手に猛然と駆けてゆく勇七のうしろ姿が見える。

文之介も走りだしたが、張りきりすぎたせいか、鼻からなにかが出てきた。

「なんだ、こりゃ」

つまんでみると、蕎麦切りだった。捨てるのももったいなく口に入れたが、鼻水がきいたのかずいぶんとしょっぱかった。

文之介の行く手で、ばあさんが呆然《ぼうぜん》と座りこんでいた。ひったくりに遭ったのが信じられないという顔をしている。

「大丈夫か、怪我はないか」

文之介は駆け寄り、抱き起こした。

「えっ、ええ」

しわだらけのばあさんが気づいたように見つめてくる。

「はやく追いかけて」

目をつりあげ、語気鋭くいう。

「あっ、ああ」

「はやくとっつかまえないと、お尻ぺんぺんだからね」

なんだ、このばあさんは。面食らいながらも文之介は走りだした。勇七はすでに半町以上、先を行っている。

その向こうに、風呂敷包みらしい物を手にしている男の影が見えた。

「あの野郎か」

風呂敷包みを手にした男は、閻魔堂橋《えんまどうばし》とも呼ばれる富岡橋《とみおかばし》を渡った。

賊が右に走り、江川橋《えがわばし》を一気に駆け抜けた。

賊が道を左に曲がった。勇七が続く。勇七は足がはやく、あとほんの少しで手が届くところまで行っている。

大丈夫か、あいつ。

文之介はあまりの張りきりように逆に心配になった。

賊の野郎、まさか刃物なんて持ってねえだろうな。つかみ合いになって、ぐさりなんてことになったりしたら。

文之介の脳裏に、腹から血をだして横たわる勇七の姿が浮かんだ。

まずいぞ、これは。

文之介は必死に走り、二人が駆けこんだ道に入った。そこは路地で、ほんの半間ほどの広さしかない。

奥へ五間ほど行ったところで、勇七が男を一軒家の裏塀の際《きわ》に追いつめていた。

男は若かった。体は小柄だが、筋骨の張りは着物を通してもかなりのものであるのが見て取れた。いかにも力がありそうだ。奪い取った風呂敷包みを、大事そうに小脇《こわき》に抱えている。黒羽織があらわれたのを見て、悔しげに顔をゆがめた。

「てめえ、おとなしくしやがれ」

勇七が叫ぶ。

賊が文之介をぎろりと見た。

文之介は懐《ふところ》からすでに十手《じって》を取りだしている。賊の前に進む。

「野郎、神妙にしやがれ」

勇七がもう一度叫ぶ。

賊が風呂敷包みを捨て、懐に手を入れた。再びあらわれた手には匕首《あいくち》が握られていた。

「てめえ、逆らおうっていうのか」

文之介は勇七の前に立った。

「旦那……」

「まかせろ」

けっ。馬鹿にしたように唾《つば》を吐き、賊が文之介に向かって飛びこんできた。

文之介は伸びてきた匕首を十手で叩いたが、匕首は生き物のように反転し、すぐさま文之介の胸を狙ってきた。

これも文之介は避けたが、体勢がわずかに乱れた。

匕首が鋭く振られた。文之介は十手で弾きあげた。男は匕首の扱いに慣れていた。しかも獰猛《どうもう》な獣のような身のこなしだ。明らかに堅気ではない。

「おめえ、本気で逆らおうっていうのか。おめえがその気なら、こっちにだって考えがあるぜ」

文之介は十手を懐にしまいこみ、腰の長脇差《ながわきざし》を引き抜いた。

「俺はな、十手よりこいつのほうが得意なんだ。おとなしく縛につけば、あんまり痛ねえようにしてやるが、どうだ」

賊はふん、と鼻を鳴らしただけだ。長脇差が刃引きで、斬《き》ることができないのを知っている。

地を蹴り、男がいきなり飛びこんできた。文之介は長脇差を袈裟に振りおろした。だが、あっけなくかわされた。

匕首が横から迫ってくる。身を低くしてかわし、文之介は長脇差を胴に振った。これもよけられた。

文之介はさらに逆胴を見舞った。賊はそれもかいくぐって応戦してきた。

文之介と賊とのそんなしのぎ合いが延々と続いた。わずかでも油断すれば、どこかを確実に切り裂かれるのが文之介にはわかっていた。

この野郎は、と思った。戦いとなれば別人になるようだ。しかも、文之介自身、匕首を相手にしての経験がほとんどない。刀を手にした者とは明らかに勝手がちがう。

さすがに文之介は息が切れつつある。頭や顔面に一撃を浴びせていっそ殺すなら楽だろうが、とらえることを文之介たちはかたく命じられている。同心となって二年たち、その命は体にしみこんでいる。

「大丈夫ですか」

勇七が声をかけ、あいだに割りこもうとする。

「勇七、手をだすなっ」

勇七は捕縄術には長《た》けているが、これだけの腕の持ち主では相手にならない。怪我をさせられるだけでなく、下手《へた》をすれば命を失う。

「しかし……」

「いいからそこにいろ」

長脇差を振って文之介は戦い続けた。路地の入口に立ち、野次馬たちが見つめている。文之介はさらに力を入れて長脇差を振った。野次馬たちのほうに逃げこまれてはたまらない。

おや、と文之介は賊を見直した。これまでとくらべ、明らかに動きが落ちてきていた。疲れてきているのだ。

よし、あともう少しだ。

文之介は攻勢に出た。長脇差を袈裟に落とし、胴に振った。それをかわして突きだしてきた匕首を弾きあげる。

匕首にはさっきまでの鋭さはない。はっきりと動きが見える。

くそっ。男の顔が醜《みにく》くゆがんだ。

さらに横に鋭く振られた匕首を、文之介はびしりとはねあげた。賊は匕首を取り落としそうになった。

よし、これなら。文之介は左にわざと動き、右手をあけてやった。

賊がだっと右側に逃げようとした。心中でにんまりと笑った文之介ががら空きの背中に長脇差を叩きつけようとしたとき、男の前に影が立った。

その影は、脇を走り抜けようとした賊の首筋に十手をぶつけた。賊は、うおっという声をあげて、地面に倒れこんだ。それでもはね起き、また走りだそうとしたが、またも影が十手を振った。それは再び首筋に決まり、今度こそ賊は地面にうつぶせにのびた。

「鹿戸さん」

文之介は呆然として見つめた。

「おう、文之介」

十手を掲げて吾市がにやりと笑った。

「砂吉《すなきち》、ふん縛んな」

へい、と答えた中間《ちゅうげん》が捕縄で賊をしばりあげた。

「文之介、相変わらずだらしねえな。こんなのもつかまえられねえなんて」

「鹿戸の旦那、ひどいじゃないですか」

勇七が食ってかかろうとする。

「なんだ、てめえ、中間風情がなに息巻いてんだ」

「やめろ、勇七」

「しかし」

「わかってんじゃねえか、文之介。手柄なんてのは、こうして縄をかけた者のものなんだよ。それにここは佐賀町代地だぜ。誰の縄張か、わかってるんだろ」

文之介は町を見渡した。江川橋を渡ったところで、すでに吾市の持ち場だ。

「わかったみてえだな」

吾市が砂吉に目を転じた。

「よし、行くぜ。引っ立てな」

しゃんとしやがれ。砂吉が賊を起きあがらせた。

「じゃあな、文之介。——ああ、そうだ」

吾市が道ばたに落ちている風呂敷包みを拾いあげ、放ってよこした。

「おめえから返してやんな」

いいざま悠々と歩き去ってゆく。文之介は黙って見送るしかなかった。

「いいんですかい、旦那」

勇七が悔しげに顔をゆがめる。

「せっかく命を懸けて戦って、あそこまで追いつめたのに」

文之介は長脇差を鞘《さや》におさめた。

「かまわねえよ。あんなけちなひったくりくらい、何人でもくれてやるさ。俺たちはもっとでっけえ手柄をあげりゃあいいんだ。——それよりもばあさんが待ってるだろ」

風呂敷包みを手に文之介は歩きだした。

「それに、蕎麦の代を払わなけりゃな」

三

丈《たけ》右衛《え》門《もん》は取った駒《こま》を手のうちでじゃらじゃらと鳴らした。

「旦那、手駒はちゃんと見せてくれないと」

盤面から顔をあげて、藤蔵《ふじぞう》が咎《とが》める。

「ずいぶん険しい顔、するじゃねえか。滅多に見られねえ顔だぜ」

藤蔵は、味噌《みそ》と醤油《しょうゆ》を扱っている大店《おおだな》の三増屋《みますや》の主人である。いつも穏和な笑みを絶やさない男だが、今は眉間《みけん》にしわを寄せて考えこんでいる。

「おい、お春《はる》。今日は久しぶりに勝てそうだぞ」

そばで見ている藤蔵の娘に声をかける。

「うまくいけば、一分はおじさまのものね」

「うまくいくに決まってるさ。もっとも、藤蔵が素直に払いに応ずるかどうかわからねえけどな」

「負けたら、もちろん払いますよ」

藤蔵がおもしろくなさそうにつぶやく。

「旦那、はやく手駒を見せてくださいよ」

「しょうがねえな」

丈右衛門は駒台に手駒をのせ、藤蔵に見えるようにていねいに並べた。

「どうだ、これで文句はなかろう」

藤蔵がちらりと目をやる。

「なるほど」

「なにがなるほどなんだ」

藤蔵が銀を手にし、飛車の前に持ってきた。

「それを待ってたんだ」

丈右衛門はいそいそとあいた銀のところへ角を打ちこんだ。

「どうだ、王手だぞ」

「あっ」

声をだしたのはお春だった。まずい、という顔で丈右衛門を見ている。

「なんだ、お春、なにかいいたいことでもあるのか」

「ありますけど――」

「駄目だぞ、お春、いうなよ」

お春を真剣な目で見て、藤蔵が釘《くぎ》を刺す。

「でも……」

「駄目といったら駄目だ」

親子のやりとりを見て、丈右衛門は不安に駆られた。

「なんだ、これでまだ藤蔵が勝てるっていうのか」

じっと見たが、わからない。まちがいなく自分のほうが有利だ。

王手をかけられて藤蔵が王をまず逃がした。丈右衛門はさらに王手をかけた。

しかし藤蔵は逃げ続け、丈右衛門は攻め手を失った。

「あれ、おかしいな。つむはずだったのに」

首をひねって丈右衛門はお春を見た。お春はなにを動かすべきか、目で教えようとしているようだが、はっきりとは伝わらない。

「なんだ、お春、口にだしていえ」

「駄目だぞ、お春」

「あの、その——」

かわいい顔をしかめたお春が腕を伸ばす。

「駄目だっていってるだろう、お春」

藤蔵がきつくいってお春を見据えている。

「なんだ、ずいぶん厳しいじゃねえか」

「当たり前です。これは勝負なんですから」

「剣の勝負にも助太刀《すけだち》ってものがあるぜ」

「将棋は、自分一人で指し手を考えるところが醍醐味《だいごみ》なんですよ。その醍醐味を、旦那はうっちゃってしまうんですか」

「だが俺一人じゃあ、いい考えも浮かばんのだよな」

丈右衛門は鬢《びん》をぼりぼりとかいた。

「考えが浅いのではないですか」

「はっきりいいやがんな」

丈右衛門は盤をじっと見た。

「これで行くか」

あまり考えずに桂馬を手にした。

「桂馬の高飛び、歩の餌食《えじき》、ですよ」

顔をあげ、丈右衛門は藤蔵に目を当てた。

「なんだ、そりゃ助言か、それともこの手をいやがってんのか」

「助言ですよ」

「なら、やめておこう」

素直に盤面に戻す。お春がにっこりと笑った。

「こら、お春」

藤蔵がたしなめると、お春は表情をなにげないものに戻した。

「よし、こいつで行こう」

今度は熟考の末、丈右衛門は駒台から銀を手にした。お春は素知らぬ顔を保っている。

丈右衛門は角道にそっと銀を置いた。お春はそれでいいでしょう、というような表情をしているように見えた。

「おっ、こいつは」

藤蔵が腕をかたく組み、うなり声をだす。

結局、そのあと藤蔵が反撃に出てきたものの、丈右衛門はしのぎきり、勝利を得た。

「よし、藤蔵、よこせ」

藤蔵は悔しそうに懐を探り、巾着《きんちゃく》をだした。そこでしばらく躊躇《ちゆうちよ》した。

「藤蔵、往生際が悪いぞ」

「旦那、今度からお春はなしですからね」

「お春は関係なかろう。勝ったのは俺の実力だ」

「その通りですね」

藤蔵は笑顔で一分金を渡してきた。

丈右衛門は大事に懐にしまいこんで、三増屋を出た。お春に夕餉《ゆうげ》を食べていけば、といわれたが、断った。

あいつもなかなか狸《たぬき》だよな。

丈右衛門は道を歩きつつ思った。でもすごくいいやつだ。

藤蔵がわざと負けているのはわかっている。お春は丈右衛門よりはるかに強く、そのお春の師匠が藤蔵なのだから。

江戸の町は夕暮れの色が濃くなってきている。大気は冷えきり、頬を切り裂いてゆくのでは、と思えるほどに風も冷たい。

道行く人たちは背を丸め、寒いねえ、などといいかわしつつ足をはやめている。

丈右衛門も急ぎ足で歩いている。とてもではないが、ぶらぶらと行けるような寒気《かんき》ではないし、もともとのんびりと歩くのは好きではない。

それに緊張もある。なんといっても気になっているのは、襲ってきたあの浪人者だ。

いったいどういうことなのか。あの男にやられた左腕の傷がうずく。ほとんど治っているが、まだときおり痛みが走る。

あの男と面識はない。それは確かだ。一度でも会っていれば、決して忘れることのないよう鍛錬はしてきている。それは今も衰えていないはずだ。

狙われているのは、やはり現役の頃《ころ》の事件絡みだろう。

しかし隠居して二年。これまで平穏だったのに、どうして急にこんなことになったのか。しかもあの浪人はまだ二十歳《はたち》に達していないと思えるほどに若い。

現役の頃、あの浪人に自分がなにかしたということはあり得ない。

となると、誰かの仇討《あだうち》ということか。

あるいは、勘ちがいで狙われている、ということはあり得ないか。

いや、そんなことはあるまい。

「御牧丈右衛門どのだよな」

あの男は確かにそういったのだから。

ということはつまり、と丈右衛門は思った。向こうもそれまで俺を知らなかったのだ。

四

「旦那、すみませんでした」

「なんだ、なにを謝る」

文之介はちろりを持ちあげ、ほら飲め、と酒を勧めた。ありがとうございます、と勇七が杯で受ける。

「あっしがもうちょっとお役に立ててれば、鹿戸の旦那が来る前にお縄にできていたんですよね」

「いつまでも気にするな。誰がお縄にしようと、とらえられればいいんだ」

ほら飲め、と文之介はさらに勧めた。すみません、と勇七が一気に飲み干す。

「うめえだろ、ここの酒は」

「ええ、とても」

「ここはな、俺が見つけたんだよ」

店は江木《えぎ》といい、対岸に佃島《つくだじま》を見られる船松町《ふなまつちょう》二丁目にある。

佃島には漁師町と呼称がつく町があり、漁で生計を立てている者がほとんどだ。戸数は約二百といわれ、大坂《おおさか》の陣の際、徳川家康《とくがわいえやす》に船や兵糧《ひょうろう》を集めることで合力した大坂の佃村の者たちが、本国からこの埋め立て地に移り住んできたのがはじまりだ。

表向きはその功をもって家康に招かれたということになっているが、豊臣《とよとみ》びいきがほとんどの地で徳川家に力を貸したことにより、居づらくなったのでは、と文之介はなんとなく思っている。

「どうやって見つけたんです」

「ちょっとした勘だ」

勇七がにやりと笑う。

「当ててみましょうか」

「自信ありげだな。いってみろ」

「あの娘でしょう」

勇七は、五つばかりの長床几《しょうぎ》と衝立《ついたて》で仕切られたせまい座敷があるだけの店を見渡したあと、一人の娘を小さく指さした。

店は一杯で、職人、商人、力仕事の者など町人たちが楽しそうに飲んでいる。そのなかを忙しそうに立ち働いている小女がいた。

「おゆいか。まあ、きれいはきれいだよな。短所は気が短いところだ」

「旦那の性格からして、どこかであの娘を見かけ、ふらふらとついていった。そしたらこの店にたどりついた。こんなところではないですか」

「俺がおゆいのあとをついていっただと」

「なんだ、図星だったんですか」

「なんだい、ばればれか。ああ、そうだよ、俺はおゆいの尻を追っかけてこの店を見つけたんだ」

「でも、肴《さかな》もうまいし、よかったんじゃないですか」

「だろう。それになんていったって、安いんだよ。だから勇七、遠慮せずに飲み食いしていいぜ」

文之介は目の前の皿を見た。煮物や焼き物、刺身など、あらかた食い尽くしてしまっている。

「おーい、おゆいちゃんよ」

手をあげて呼んだ。

はーい、とおゆいが寄ってきた。

「注文を頼むぜ」

「はい、どうぞ」

文之介はすらすらと煮魚や煮物、漬物を注文した。

「お酒はもういいんですか」

「ああ、頼む」

文之介は空《から》のちろりを手渡した。

おゆいが受け取り、体をひるがえした。文之介はそっと手を伸ばした。尻に届こうとした瞬間、いきなりひっぱたかれた。

「このすけべ同心」

おゆいは本気で怒っている。

「まったくいつまでも懲《こ》りないんだから」

文之介は頬を押さえた。

「な、本当に気が短いだろ」

「もうこれで何度目になるか。さわってくるのはわかってたのよ」

「まあまあ、そんなに怒りなさんな」

勇七が必死になだめる。

おゆいはぷりぷりしながら奥に去った。

文之介は頬を押さえて、うつむいた。

「旦那、そんなに落ちこまずともいいですよ。あっしももうなにもいいやしませんから」

「いや、ちがう」

「えっ。なにか気がかりでも」

さすがにこのあたりは鋭い。幼い頃からのつき合いだけのことはある。

「今、ぶたれて唐突に思いだしたんだ」

文之介はまわりをはばかって小声になった。

「勇七には話してなかったが、実はな――」

父を狙う者がおり、実際にどういう襲われ方をしたかを語った。

「そんなことがあったんですか」

さすがに勇七が驚いた。

「その若い浪人というのが何者かはわかってないんですね」

「父上も心当たりがないようだ」

「その浪人は、これからもご隠居を狙うつもりなんですよね」

「ああ、まちがいなくな」

「心配ですねえ」

「夜歩きや一人歩きはしないようにいってあるが、守るような人じゃないからな」

ええっと勇七がうなずく。

「ご隠居が見覚えがないといわれる以上、本当に面識がないんでしょうね」

「そうだな。それだけの鍛錬を積んできているし、まだぼける歳《とし》でもねえ」

「その若い浪人が狙ってきているのというのは、やはりうらみですかね」

「それが一番わかりやすいな。もしかして仇討かもしれねえ」

「なるほど。ご隠居が現役の頃、お縄にして獄門台に送った者の血縁ですか」

「歳からして、せがれというのが最も考えられるだろうな」

「若い浪人とのことですけど、どのくらいの歳なんです」

「俺らより四つ、五つは下だろう」

「そんなに若いんですか。つまり十七、八ってことですか。でも、すごい遣い手なんですよね」

「すごいというより、ものすごいといったほうがいいだろうな。それに、また妙な剣をつかいやがんだ」

文之介は剣のことも話した。

「地面を叩いて揺れさせる……」

「嘘《うそ》みてえだろうが、本当なんだ」

文之介の心にあのときの恐怖が波のように入りこんで、胸を大きく揺さぶった。塩水を飲みこんでしまったかのように息苦しく感じられ、呼吸がしづらくなった。

あのとき、俺は確かに死を覚悟した。あれほど死が身近に迫ったことはこれまで生きてきて一度たりともなかった。

「大丈夫ですかい」

勇七の声がきこえ、文之介ははっと目をひらいた。いつの間にか目を閉じていたことにすら気づかなかった。

「ああ。大丈夫だ」

おゆいが酒と肴を持ってきた。

「お待ちどおさま」

手ばやく置いて、警戒したようにさっさと戻ってゆく。

「安心しろ、もうなにもしやしねえよ」

文之介はうしろ姿にいって、勇七が満たしてくれた杯を傾け、口中をひたした。それで少し落ち着いた。

「もっと飲みますか」

「もらおう」

さらに三杯立て続けに飲んだ。腹のなかがあたたまって、いい気持ちになった。

「おめえも飲め」

「へい、ありがとうございます」

勇七は唇を湿すように飲んだ。

「でもそんな剣をつかうなんて、容易ならざる相手ですね。いったいどこで会得したんでしょう」

五

「おかわりはいかがですか」

お知佳《ちか》が小首をかしげ、右手を差しだしてくる。

「そうだな、もらおうか。でも少なくしてくれ。昔ほどは食べられん」

半分ほど盛られて茶碗《ちゃわん》が返ってきた。

「これはお知佳さんが漬けたのか」

菜っ葉の漬物を咀嚼《そしゃく》しつつ、問う。

「ええ。お味はいかがです」

「うまい。これだけうまい漬物は久しぶりに食べた」

丈右衛門は世辞でなくいった。最後に食したのはいつか。あれは妻が亡くなる前のことだろう。

妻は漬物の名人で、なにを漬けさせてもうまかった。特に丈右衛門が好きだったのは菜っ葉だ。お知佳が漬けたものはそれに劣らない出来である。

お知佳は箸を手にしておらず、丈右衛門を控えめに見守っている。お知佳の横で、お勢《せい》がすやすや眠っている。

「しかしこの子はいつ来ても寝ているな」

「ええ、寝るのが大好きみたいです」

「お知佳さんに似たのか」

「いえ、私はこんなに寝ずとも大丈夫です」

では旦那か、とききそうになって丈右衛門は言葉をのみこんだ。

「しかし、起きているときがあるのか疑いたくなるほどの寝入りっぷりだな」

丈右衛門はお知佳に目を転じた。

「お知佳さんも食べたらいい」

「でも」

「わしに遠慮などいらん。それに、そんなところで黙ってにらみつけられていると、ちょっと食べにくい」

「にらみつけてなんかいませんよ」

「だとしても、一緒に食べたほうが飯はおいしい」

わかりました。お知佳は茶碗にご飯をよそい、箸を手にした。うつむき加減に食べはじめる。

それを見て、丈右衛門もあらためて箸を動かした。

主菜は鮭《さけ》の塩焼きだ。これも脂がよくのっており、絶妙の塩加減もあって飯が進む。皮も香ばしく、実にうまい。あっという間に茶碗が空になった。

「もう少しいかがです」

食べたい気分だったが、丈右衛門は、もうけっこう、といった。味噌汁をすする。大根の甘みとやや辛めの味噌が混じり合って、ため息が出るうまさだ。

「味噌汁はまだあるかな」

「ええ、たくさん。召しあがりますか」

「いただこう」

もう一杯を飲み干して、丈右衛門は箸を置き、茶を喫した。

「うまかった」

お春もだいぶ上手になったが、これにはまだ及ばない。お知佳はまだ二十二と思えるのにいったいどこで覚えたのか。

お知佳が膳《ぜん》に茶碗を置いた。

「丈右衛門さまはご新造は」

お知佳を見つめて丈右衛門は微笑した。

「なんだ、急に。——亡くなった。ちょうど十年前のことだ」

「そうだったんですか。申しわけありませんでした」

「謝ることはない。身近の者が死んでいない者を捜すほうがよほどむずかしい」

丈右衛門は再び茶を飲んだ。

「風邪をこじらせてな、あっという間だった。それまで一度も大病したことがなかっただけに、今でもあの日を思いだすと、信じられん気分だ」

お知佳が痛ましそうに見ている。

「死んでいるのを見つけたのは、せがれなんだ」

「えっ、そうだったのですか」

「わしは仕事に出ていた。やつは心配で、よく母親が寝ている部屋をのぞいていた。それで夕方、もう息をしていない母親を見つけて……」

丈右衛門の心を、どうにもならないやるせなさが風となって吹き抜けていった。

「わしも妻のことが心配で、早仕舞しようとしていたんだ。そこに涙で目をはらしたせがれが駆けこんできて」

丈右衛門は首を振り、ため息をついた。

「あのときのせがれの顔は今でもよく思いだすよ。あんなに悲しそうな顔はあれ以来、見たことがないな」

「ご新造のお名は」

「佐和《さわ》といった」

丈右衛門はどんな字を当てるのか、教えた。

「亡くなったときはまだ三十七だった。人からきいたんだが、源氏物語には三十七が厄年という記述があるそうだ。別にそれが当たったわけでもあるまいが、もう少し長生きさせてやりたかったよ。人には必ず死が訪れるとはいえ」

丈右衛門は、佐和の面影を目の前に引き寄せた。死んで十年たつのに、まったく薄れていない。

瓜実顔《うりざねがお》に黒々とした瞳がまず目につく。鼻はやや丸く、右の頬にえくぼができる。笑うとき必ず右手を顎の下に持ってくる。体はほっそりとしているが、つくべきところに肉はついており、特に腰まわりは豊かだった。子供は二人しかできなかったが、二人とも安産でつつがなく育ってくれたのは、佐和のおかげだろう。

「よく笑う女だったな。わしが仕事がうまくいかずに帰ってきたときも、よく笑わせてくれたよ。なんでもいいほうに考える性格で、わしがそれなりに事件を解決し続けられたのは、妻のおかげともいえるだろう」

「明るいお人だったんですね。知り合われたきっかけは」

はっと気づいて、お知佳が口を閉ざした。

「どうした」

「いえ、私ばかり質問してしまって」

「かまわんよ。思いだしてもらって、妻もきっと喜んでいるだろう」

お知佳が湯飲みに茶を注いだ。丈右衛門は一口飲み、ほう、と息をついた。

「同じ組屋敷で育ったからな、昔から顔は知っていたんだ。きれいだったな、やっぱり。あれはわしがまだ二十歳そこそこだったかな、夕暮れ間近の頃、一人ぽつんと組屋敷内の道にたたずんでいる娘がいたんだ」

丈右衛門はそのときの情景をたぐり寄せた。

「挨拶はしたが、最初はそのまま行きすぎようと思った。だが、あまりいい顔つきをしているとは思えず、わしは少し戻って、どうかしたのかたずねた。そしたら、いきなり涙をあふれさせて」

目尻を下げて丈右衛門は苦笑した。

「間が悪いことに、そのときちょうどそばを通りかかった人がいたんだ。まるでわしが泣かせたようにその人には思われたようだ。それで、そのことが組屋敷中の噂《うわさ》になってしまい、佐和の父親がわしに事情をききに来たんだ」

やれやれ、というように丈右衛門は首を振った。

「詰問されても、わしにもどういうことかまったくわからなかった。あのとき佐和はなにも話さずに行ってしまったからな」

「佐和さまがどうして泣いていたのか、わかったのですか」

「ああ。犬が死んだんだとさ。しかも自分の屋敷では飼ってなくて、組屋敷外の一人暮らしのばあさんの飼い犬だった。犬が死んだのも悲しかったが、これから一人で暮らしていかなければいけないおばあさんもかわいそう、と思ったら涙が出てきてしまったんだと。それをあとできかされたとき、心根のやさしさは十分に伝わってきたとはいえ、わしはさすがに啞然《あぜん》としたよ」

お知佳は楽しそうに笑っている。

「結局、そのことが縁でな。佐和の父親がわしのことを気に入ってくれたんだ。それで、縁談が進んでいったというわけさ」

「丈右衛門さまなら誰だって気に入られましょう。お佐和さまのお父上のお気持ちはよくわかります」

「そんなたいそうな人間ではないがな」

お知佳は、そんなことはございませんよ、といった。

「ところで、文之介さまはどうされてます」

「元気でやってるな。今日はひったくりをつかまえてやるって勇んで出ていったが、果たしてどうだったか」

「きっとつかまえましたよ」

「どうだかな。あいつは抜けてるからな、それにわしのせがれの割に人がよすぎる。手柄を横取りされても不思議ではない」

「横取りですか。そういうことはよくあるのですか」

「あまりない。でもあいつなら考えられる」

丈右衛門は目を細めて笑った。

「かわいくてならないみたいですね」

「まあな。同心として日に日に成長していっているのがわかる。親としてはそれがうれしい」

丈右衛門は夕餉の礼をいってお知佳の長屋を出た。

日はすっかり落ち、町は闇《やみ》色のなかにすっぽりと埋まっている。空に月はなく、道脇の建物も影との境がほとんどわからない。道もずっと先まで暗いままで、手にしている小田原提灯《おだわらぢょうちん》の明かりがようやく足元を照らしているだけだ。

果たしてやつは出るかな。

丈右衛門としては無防備な背中を見せることで、あの浪人を誘っていた。そのために、ふだんよりお知佳の店《たな》に長居をしたのだ。

だいぶ歩き、道は八丁堀に近づきつつあった。ここまで来てしまえば、いくらなんでも襲うのは無理だ。

無駄だったか。あの浪人の襲撃をかわしてあとをつけ、住みかを突きとめるつもりでいたのだが。

なかなかそううまくは運ばんか。

そのとき、丈右衛門はかすかに人に見られているような感じを持った。

はっとして体をかたくさせたが、眼差しと思えるものは一瞬にして消え失《う》せた。

丈右衛門は振り返り、眼差しが発せられたと思えるあたりを凝視した。

町屋と表長屋のあいだの路地からのようだったが、そこにはただ漆黒の闇が居座っているだけで、人影らしいものは見当たらなかった。

勘ちがいではない。

丈右衛門は心中でうなずいた。

こらちの思惑通り、やつはつけていたのだ。だが襲ってはこなかった。

芝居が下手すぎたか。誘っているのが見え見えだったのかもしれない。

次はもう少しうまくやらなくては、と思ったが、そんなことをせずともいずれ襲ってくるのはまちがいなかった。

そのときにとらえるなり、あとをつけるなりすればいい。

六

誘ってやがった。

源四郎は道場に戻り、台所に向かった。緊張から解き放たれて腹が減っている。

台所にいたおときばあさんが、源四郎を見て頭を下げた。

「飯をくれるか」

「はい、ただ今」

飯は冷たかったが、おときの飯炊きの腕は確かで、粘りと甘みがあってうまい。味噌汁の具は大根の葉のみだったが、ちゃんとあたため直してくれた上に味噌自体おときの手づくりで、なんともいえないこくが口中に広がる。これを飯にぶっかけて食うだけで相当うまい。

右手の障子《しょうじ》がからりとあいた。

「お帰りなさい、源四郎の兄ちゃん」

道場の子の正助《しょうすけ》だ。

「おう、今帰った」

ていねいに障子を閉めてから、源四郎の前にぺたんと座る。

「おいしそうだね」

「正助はもう食べたんだろう」

「うん。でもだいぶたったから、また減ってきちゃったよ」

正助はまだ五つだが、よその子供より体が大きいこともあって、いくつか年上に見える。細い目に口が大きく、はなが潰《つぶ》れたような感じになっていて、お世辞にも男前とはいえないが、どことなく人のよさを覚えさせる顔つきだ。

小さい頃から源四郎にはなついていて、源四郎もこの子には冷たく当たるようなことはない。

しかし、どうしてこうもなついてくるのか。狂い犬をかわいいと思う子供もこの世にはいるだろうから、きっとそれと似たようなものだろう。

「おときばあさん、茶をくれんか」

はい、とおときが答え、すぐに盆に湯飲みをのせて持ってきた。

「おときおばさん、俺にもちょうだい」

正助がいったが、おときは首を振った。

「駄目です。子供が飲むと、眠れなくなってしまいますから」

「えー、そんなことないよ」

「あるんです」

ちぇ。正助が舌打ちする。

「源四郎兄ちゃんからもいってよ」

「駄目だ。そんなことしたら、明日から飯をもらえなくなっちまう。なんといっても、おときばあさんは怖いからな」

「確かに怖いよね。あのしわ深い目ににらみつけられると、ぞっとするもの」

「誰がしわ深いんですか」

おときがにらんでいる。

「それが怖いんだよ」

正助がいったとき、また障子がひらいた。

「正助、ここにいたの」

台所に入ってきたのは、おたつだった。

源四郎は背筋を伸ばし、一礼した。しかし源四郎など目に入らないとでもいうように、おたつは正助の手を引いた。

「さあ、いらっしゃい」

冷たい目を源四郎に当てて、障子を閉めようともせずに台所を出てゆく。足を急がせて遠ざかってゆくうしろ姿が見える。

手を引かれつつも正助が振り返る。源四郎と目が合った。

正助は悲しそうな顔をしていた。

二人の姿は、向こう側の襖《ふすま》が閉じられたことで見えなくなった。

源四郎は、なにもなかったような顔で茶を干した。

いつからこんなふうになったのだろうか。心の扉をあけて、思い起こす。

おたつは源四郎にとって義理の伯母《おば》に当たる。源四郎を公然と邪魔者扱いするわけではないが、いつからか接する態度が冷ややかになった。言葉すら、ここしばらくかわしたことがない。飯を抜くとか洗濯をしてくれないとかいうことはないが、どこか針を思わせる眼差しを源四郎に突きつけてくる。その肌の痛みに源四郎はいたたまれないものを感じている。

以前は、あんな目をする人ではなかった。むしろ快活さとあたたかみを感じさせる人で、源四郎は大好きだったのだ。

その気持ちのなかには、おたつという女を妻にできている伯父《おじ》に対するうらやみも含まれているほどだった。

そんな源四郎の気持ちを知ってか知らずか、おたつのほうもかいがいしく面倒を見てくれた。風邪をひいて熱をだしたときは夜を徹して看病してくれたし、腹をくだしたりすれば一所懸命に粥《かゆ》をつくってもくれた。

もともと美しい人で、伯父が料理茶屋で働いているのを見初《みそ》めて、妻にしたという話をきいてはいた。

その料理茶屋でも客たちの人気は高かったらしく、おたつが嫁入りしたことで、しばらく店の売上が落ちたという。

それにしても、いつからこんなふうになってしまったのだろう。

源四郎はあらためて自問した。

伯父の伊太夫《いだゆう》が病床に臥《ふ》してからだ。つい、一年ほど前のことになる。

おそらく、と源四郎は思った。おたつは入れ知恵されたのだ。正助の座をおびやかす者として俺を見ている。

誰に入れ知恵されたのか。

想像はつく。いや、想像などではない。まちがいなく師範代の川田太兵衛だ。

おたつにとって、川田の言葉は神の言葉も同然なのだ。

もっとも、おたつの危惧《きぐ》は誤解でしかない。源四郎にこの道場に居座るつもりなどないのだから。

道場主になりたいという気持ちなどない。もともとなにごとに対しても欲が薄いたちだ。とうに道場を出ることに決めている。正助のためにも迷惑はかけられない。

ただ、どこへ行くかは決めていない。それが決まり次第、出てゆくつもりだ。

そのことを明日、いおう。

そう決意して源四郎は立ちあがった。

「おときばあさん、うまかったよ」

おときは頭を下げたが、どこか切なそうな顔をしている。さっきの正助の顔に通ずるものがその表情にはあった。

翌朝、朝食を食べ終わった源四郎はおたつの部屋の前に正座し、伯母上、と声をかけた。

襖がからりとひらき、いかにも迷惑そうな顔でおたつが目の前に立った。

「なんですか」

じっと見おろし、冷たい声を発する。

「それがし、近々この家を出てゆくつもりでおります」

「えっ、そうなのですか」

おたつが畳に座りこみ、源四郎に顔を寄せるようにした。

「まことですか。いつ出てゆかれるのです」

「まだいつかもどこに行くかも決まっておりません」

おたつの顔に失望があらわれた。口だけですか、といいたげだ。

「行く先が決まれば、ここ十日以内には出てゆくつもりでいます」

「十日以内ですか」

おたつの顔に喜色が浮かぶ。

「それはよく決断されました。でも残念です。お顔を見られなくなるなんて。――しかし、お引きとめはいたしますまい。源四郎さまのご決心はどうやらかたそうですから」

おたつの顔は輝いている。一つ心配の種がなくなったといわんばかりの晴れやかさだ。

「川田さんも喜びましょうな」

源四郎がいうと、おたつの眉間《みけん》にしわが寄った。

「それはどういう意味です」

源四郎は頬に笑みを浮かべた。おたつが身を引き気味にする。

「それがしが、川田さんとの仲を知らぬとでも」

おたつが息をのんだ。必死に平静さを保とうとする。

「なぜそのようなことをいわれるのです。もし正助が耳にしたら――」

「正助は道場です。一所懸命に竹刀を振ってますよ。とてもよい子だ」

源四郎は顔をあげた。

「伯母上がされることですからこれ以上は申しませんが、墓のなかで伯父上はいったいどのような心持ちでおられるのでしょう」

源四郎は冷ややかに義理の伯母を見た。

「伯母上、最後に伯父上の墓にまいったのはいつです」

七

朝、飯を食べに台所に行くと、丈右衛門がいて朝餉を食していた。

その姿を見て、文之介は安堵《あんど》した。どこにも怪我をしている様子はない。

「昨日はおそかったのですか」

隣に正座してきいた。

「そうでもないぞ」

「でも、それがしが起きているあいだはお帰りにならなかったようですが」

「おまえははやく寝すぎなんだ」

「はやいと申しても、五つ半です」

「五つ半に寝ているのか。子供だな」

「子供って、早寝早起きは同心としての心構えの第一と教えたのは父上ですよ」

「そうだったかな」

「父上」

文之介は丈右衛門の前にまわりこむようにした。

「昨夜《ゆうべ》はどうされていたのです」

「飲みに行っていた」

「お一人ですか」

「そうだ」

「一人で歩きまわられるのはやめるよう、申しあげたはずですが」

「ああ、そうだったな。すまん」

文之介、と丈右衛門が呼びかける。

「茶をいれてくれんか。湯はもうわいている」

話の腰を折られた気分だったが、文之介は素直に立ち、火鉢の上で湯気をあげている鉄瓶《てつびん》の湯を急須《きゅうす》に注ぎ入れた。

父の好みの濃いめにいれて、湯飲みを置く。

「すまんな」

丈右衛門は湯飲みを口に持ってゆきかけて、手をとめた。

「熱いな」

「まだ猫舌がなおらんのですか」

「なおるとかなおらんとか、そういうものではないぞ」

「昨夜は三増屋に」

「夜は行ってないぞ。昼間は藤蔵と将棋を指していたが」

「夜は本当に飲みに行かれたのですか。店を教えてもらえますか」

「店だと。忘れた。はじめて入った店だ」

「どこの町です」

「行って調べるつもりか。なぜそんな真似をする」

「父上がなにか隠しているような気がしてならぬからです」

「わしが隠しごとだと」

「ちがうのですか」

文之介は真剣にたずねた。

「まさか女ではないでしょうね」

歳は五十を超えているが、丈右衛門は十分に若い。お春のことを持ちだすまでもなく、かなりもてる。

「わしはもう女には相手にされんよ」

丈右衛門が鼻をくんくんさせた。

「なんだ、文之介、酒がにおうぞ。おまえこそ、昨晩は飲んでいたようだな」

「ええ、勇七と」

丈右衛門がくすりと笑う。

「なにがおかしいのです」

「おまえが酒を飲むなんざ珍しいこともあるな、と思ってさ。どうした、いやなことでもあったのか」

吾市に手柄を横取りされたときの瞬間がよみがえり、話をきいてもらいたいとの思いがわいたが、文之介はその気持ちを押し殺した。そんな恥に近いようなものはいくら父といえども、いや父だからこそ、話したくない。

「いいえ、なにもありません」

父は文之介の心中を探るような目をしたが、すぐに表情をもとに戻した。

「そうか、ならきくまい」

「父上はどうなのです。あの浪人はあらわれませんか」

「ああ、ここしばらく姿を見せん」

「狙われるわけには、まだ思い当たりませんか」

「すまんな」

文之介ははっと気づいた。

「まさか父上。やつを誘っていたのではないですか」

丈右衛門がちらりとうれしそうな顔を見せた。

「どうだかな」

「おやめください。あまりに危険すぎます」

丈右衛門はふっと頰をゆるめた。

「もうやらん。安心していい」

「やっぱり誘ったのですね。でも、もうやらんというのは」

「やつにさとられたようだ」

「では、あらわれたのですか」

「眼差しだけな」

文之介はうなり声をあげた。

「父上はあの男に勝つ自信があるのですか」

「脇差だけでは確かに心許《こころもと》ないが、討つまではともかく、退《しりぞ》けるだけの自信はあるぞ」

「でも、この前はやられかけたではないですか」

「あのときは油断があったからだ」

「どうして油断していたのです」

丈右衛門は首をひねった。

「忘れた」

「女のことではないのですか」

「なんだ、またそこに戻るのか」

「父上、いるのでしたら正直におっしゃってください。それがしは責めはいたしません。父上も母上を亡くしてすでに十年、好きなおなごができても決して不思議ではないのですから」

「ずいぶん物わかりがいいな」

「では」

「いるさ」

「会わせてもらえますか」

「おまえも知ってる女だよ」

「えっ」

「お春だよ」

丈右衛門がにやりと笑う。

「馬鹿、冗談だ。相変わらず人がいいな」

さすがに文之介はむっとした。

「なんだ、怒っているのか。そりゃ、あれだ、腹が減っているからだ。文之介、さっさと食って出仕しろ」

丈右衛門が立ちあがりかけたが、すぐに腰を戻した。

「ああ、そうだ、文之介」

もうぬるくなった茶をうまそうにすする。

「昨日勇んでいたひったくり、あれはどうなった。とらえたか」

「ええ、とらえましたよ」

「手柄ではないか。なぜ教えん」

「それがしの手柄ではないからです」

「なんだ、ほかの者がつかまえたのか。誰だ」

いいにくかったが、いうしかなかった。

丈右衛門が、ふふ、と笑った。

「吾市か。なるほど、横取りされたんだな。道理で話したがらんわけだ」

丈右衛門は茶を干した。

「でもな文之介、悔しさは心のうちにしまっておいたほうがいいが、手柄は自分こそあげるという気持ちは強く持っておいたほうがいいな。その気持ちがないと、いざというときはやってこんものだ」

八

柿色で染められた地味な暖簾《のれん》が風に揺れていた。暖簾の下に置かれた小さな看板がか細い陽射しを受けて、弱々しい影を路上につくっている。

看板には、桂庵岩間屋《けいあんいわまや》、と記されていた。

場所は中之郷原庭町《はらにわちよう》、東側に福厳寺《ふくごんじ》という曹洞宗《そうとうしゆう》の寺がある。延徳《えんとく》三年（一四九一）の創建ときいているが、これが江戸の寺として古いのか、源四郎には今一つぴんとこない。

「ごめんよ」

声をかけて源四郎は暖簾をくぐった。

薄暗くやや広めの土間に足を踏み入れる。土間の奥に一段あがった畳敷きの間があり、小さな帳場格子の向こうで男がそろばんを弾いていた。

「ああ、これは高倉さま、ようこそいらっしゃいました」

帳場格子をまたぎ、沓脱石の草履を履いた。せかせかとした足取りで近づいてくる。

「この前いっていたところはどうだ。まだ埋まっておらぬか」

「おや、ご決心がつきましたか」

岩間屋の主人の菊蔵《きくぞう》が狡猾《こうかつ》さを感じさせる目を光らせてきく。とはいってもそれは見た目だけで、人はいい。それに商売熱心だ。

鬢《びん》のあたりに白髪《しらが》まじりのわずかな髪を残しただけで頭はすっかりはげあがっているが、ふっくらとした頰はつややかで、顔全体がいかにも福々しく見える。このあたりはきっと商売にも役立っているはずだ。

「まあな。今日からというのはさすがに無理だが」

「では」

いいながら菊蔵は気づいたようだ。

「ああ、どういうところかご覧になりたいのですね。でも高倉さま、そんな悠長な真似《まね》をしているより、はやめに手を打っておいたほうがよろしいと存じますよ。こういう物件は、あっという間によそさまに取られてしまうものですから」

「それはわかっているのだが、どんなところなのか、やはり先に確かめたい」

「さようですか」

菊蔵はうなずき、少しものいいたげな顔で源四郎を見た。

「……やはり道場を出られるのですね」

「そういうことだ」

「伊太夫さまが亡くなって、もう一月もたつんですねえ」

「三十四日だ」

「さようですか。失礼を申しました」

菊蔵が奥に向かって声をかけた。

「ちょっと出かけてくるよ」

はいはい、ともみ手をしながら年若いせがれが奥から出てきた。源四郎にぺこりと頭を下げる。

「それじゃあ高倉さま、まいりましょうか」

菊蔵の案内で源四郎は道を歩きはじめた。

横川《よこがわ》に出て、川沿いの道をまっすぐ南に進んだ。着いたのは中之郷横川町にある一軒家だ。

横川を見おろす位置に建つ二階家で、船宿ができそうな広さを誇っている。

「こちらですよ」

手慣れた様子で菊蔵は路地をまわり、南側にまわった。そちらには花が多く植えられた庭が広がっていた。濡縁《ぬれえん》の先の障子が、ようやくあたたかみを持ちはじめた日の光を浴びて白く輝いている。

「弓五郎《ゆみごろう》さん、いますかい」

菊蔵が障子に向かって声をかける。

しばらく間を置いて、からりと障子がひらかれた。

顔をだしたのは、いかにも悪相の男だった。耳が大きく横に張りだしている。上下の唇《くちびる》は分厚く、頬骨が人を威圧するように前に突きだしていた。奥に引っこんだ細い目の下には濃いくまがあり、太陽がまぶしそうな目つきをしている。

その目がぎろりと動いた。

「おう、菊蔵さんじゃねえか」

「頼まれていたお方を連れてきましたよ」

弓五郎と呼ばれた男は濡縁に出てきた。目をみはる。源四郎の若さに驚いたようだ。

大丈夫かい、と目で岩間屋に告げたのが源四郎にはわかった。

「腕はすばらしいですよ。手前が請け合います。今、ある道場にいらっしゃるんですが、そこの師範代が相手にならないんですから」

「ほう、師範代がな」

弓五郎ががっしりした顎をさする。

「今日から来られるんかい」

「いや、まだ無理なんですよ。今日はどういうところか見たいっておっしゃるんで、お連れしたんです」

「そうかい。確かに夜鷹《よたか》の宿じゃあ、その気持ちはわからねえでもねえな。——入るかい、そんなところじゃあ寒いだろう」

源四郎は座敷に正座し、横に菊蔵が腰をおろした。源四郎の正面に弓五郎があぐらをかいた。

「失礼しますよ、ちょっと足が悪いもので、すみませんな」

微笑を浮かべているつもりのようだが、悪相のせいでにらみつけているように見える。

「おーい、茶を三つ。いや、一つは酒にしてくれ」

奥に向かってがなる。はーい、と若い女の声が返ってきた。

弓五郎が源四郎に向き直る。

「菊蔵さん、こちらの名は」

源四郎は自ら名乗り、軽く頭を下げた。

「ほう、高倉源四郎さん、いい名だねえ」

「弓五郎さん、すまないが、一度詳しい事情を源四郎さんに話してもらえませんか」

菊蔵が手をさすりつついう。

「ああ、かまわねえよ」

気軽にいって、弓五郎は大きな舌で唇を湿した。

この宿には、これまでそれぞればらばらで商売していた夜鷹たちが仕事の前に集まってくる。その夜鷹たちを、乱暴な客どもから守ってやるという名目で稼ぎから一定の金をもらっている。

「より正しくいえば、巻きあげてるってことになるんだけどね」

それでも、客が払わずに逃げてしまうようなことはなくなったし、いさかい自体も少なくなって、実際、夜鷹たちには喜ばれている。

「それでここ最近はあまり目立ったこともなく、きたんだがね」

失礼します。右手の襖から声がかかり、おうと弓五郎が答えると、すっとひらいた。

「お待たせいたしました」

若いのは声だけで、かなり歳がいった女だった。特に目尻のしわが濃く、髪には白髪が目立つ。女は湯飲みを源四郎と菊蔵の前に置き、茶碗を弓五郎に手渡した。

すまねえな。弓五郎がぐいと茶碗を傾けた。ぐびぐびと喉《のど》を鳴らして飲み、一気に茶碗をあけた。ぷはーと息を吐く。酒のにおいが部屋一杯に漂《ただよ》った。

「すまねえね、朝からこいつをやってねえと駄目なもんでね」

女がもう一杯飲む、という目で見ている。弓五郎は首を振った。うなずいて女が外に出ていった。

「女房だ。若い頃はけっこう見られたが、今になっちゃあ声だけでね。ま、遠慮しねえで飲みねえ」

「では、いただきましょうか」

菊蔵が笑顔でいい、源四郎は湯飲みを手にした。意外にいい茶葉をつかっているようで、甘みが濃い。

「な、うめえよね。いい茶を飲むと、幸せな気分になれるもんでさ。茶と酒だけは金を惜しまないようにしてるんだ」

「弓五郎さん、先を」

菊蔵がうながす。

「ああ、そうだったな。どこまで話したっけっかな。ああ、そうだ」

ぱちんと手のひらを合わせる。

「しかしここ最近、縄張に不届きな野郎どもがあらわれるようになったんだよ」

「どのような」

湯飲みを手に源四郎はたずねた。

「夜鷹たちをただで抱いて帰るけしからん連中だ。どうせ柿助《かきすけ》一家のいやがらせだろうが」

「そのかきすけ一家というのは」

「あっしが、夜鷹をまとめてっていうこの商売をはじめたんだけどね、その旨《うま》みに気づいたようでさ、商売の横取りをたくらんでいるやくざの一家だよ」

「やくざか」

「やくざ相手に、もし本気で出入りになんてことになっちまったら……」

力なげに首を振る。

「あんたはやくざじゃないのか」

「とんでもねえ。堅気《かたぎ》とはいわんが、やくざなんてもんじゃねえよ」

「こちらに荒くれ者は」

「いることはいるが、全部でたった六人なんでね。だいぶ分が悪い。というより、まともにやったら勝ち目はねえ」

「そのかきすけ一家の人数は」

「二十人はいるかね」

「つまり源四郎さん」

横から菊蔵が割りこんだ。

「もし出入りになんてことになったときの用心棒を頼みたいのと、今は夜鷹たちを守ってほしいって弓五郎さんはいうんだよ。どうだろうかね」

「二十人のやくざか」

源四郎はつぶやき、弓五郎を見つめた。

「向こうに用心棒は」

「遣い手が二人」

「遣い手か。そりゃいいな」

源四郎は目を光らせた。

弓五郎が危ぶむ目をしている。

「源四郎さん、悪いが、腕を見せてもらえねえかな」

「かまわんよ」

源四郎はあっさりと答え、弓五郎にきいた。

「刀をつかって見せたほうがいいか」

「技をまず見てえな。あとはうちのやつらの相手をしてもらいてえ。竹刀はあるんでね」

よかろう。源四郎は庭に出て、刀を抜いた。まわりに菊蔵と弓五郎、六人の手下、それに女房が集まった。

源四郎は、庭の隅に積まれている薪《たきぎ》に目をやった。

「そいつを一本、こっちに放ってくれ」

手下の一人が薪を手にし、下から投げてきた。源四郎は気合とともに刀を上段から振り、さらに胴、逆胴という形で二度振り抜いた。

ぼとん、と薪が地面に落ちた。一瞬の間を置いて、薪がずるとずれた。

うおっ。手下たちが声をあげた。薪は縦に裂かれ、さらに横に二つの切れ目が入っていた。

手下が信じられないといった顔で、薪を手にする。薪は六つの木片にきれいにわかれていた。

「すげえ」

弓五郎があたりをはばからずに声をだす。女房と菊蔵はあまりのすさまじさに、口を呆然とあけている。

「腕試しは続けるかい」

源四郎は手下たちに顎をしゃくった。

「いや、もうけっこうですよ。こいつらが束になっても勝てる相手じゃねえのは、わかりましたからね」

弓五郎の瞳には尊敬の色が浮かび、言葉づかいもていねいなものに変わった。

「源四郎の旦那《だんな》、どうかあっしらのもとに来てやってくだせえ。お願いします」

弓五郎が頭を思いきり下げる。女房と手下たちも続く。

「源四郎さん、いかがです。望まれて働くのはいいことですよ」

菊蔵が勧める。源四郎の心はすでに決まっていた。

「そうだな、世話になろう」

「ありがとうございます」

弓五郎が声を張りあげる。

「源四郎の旦那なら百人力だぜ。柿助なんかにゃあ、もう負けやしねえ」

弓五郎が破顔一笑《はがんいっしょう》し、長身の源四郎をまぶしそうに見あげた。

「源四郎の旦那、いつから来ていただけますんで」

「住みこみでよいのだな」

「もちろんですよ。最上の部屋をご用意します」

「では、明日からどうだ」

今日からでも、といいたげな目をしたが、よろしいでしょう、と弓五郎は同意した。

「昼間はごろごろしてもらっててかまいません。お酒を召しあがってもけっこうです」

「酒はやらん」

源四郎はにべもなくかぶりを振った。

「はあ、さようですか。それは立派なお心がけで」

興醒めしたような顔で弓五郎が口にした。

九

地面を叩いて揺らし、相手の体勢を崩す。

そんな剣法を教える道場がないか、文之介と勇七は本所《ほんじょ》や深川の道場を当たった。今はとりあえずほかに重大な事件もなく、こちらに専心することを与力の桑木又兵衛は許した。

「そうか、そんなやつに丈右衛門の野郎、狙われているのか。よし文之介、しっかり調べて、親父を危機から救ってやれ」

ほかの同心たちにも探索に入るよう、いいつけかねない勢いで又兵衛が命じた。同じ組屋敷内に住んでいる者だけが持つ、身内を思いやるも同然の気持ちがはっきりと感じられた。

勇七とともに文之介は朝からひたすら道場だけを調べ続けているが、今のところそのような道場は引っかかってこない。

ただ、文之介が危惧しているのは、あの浪人が用いた剣法は秘剣と呼ばれる類《たぐい》のもので、おそらく滅多に道場外に漏れるものではない、ということだ。道場内でも知っている者がほとんどいないような剣だろう。

もし当たりの道場にぶつかったとしても、そのような剣法が存在することを道場の者が公言することはないはずなのだ。

もしかしたら無駄なことをしているのでは、と思えないでもないが、それでも探索の手をとめるわけにはいかない。万が一にしろ秘剣でないこともあり得るし、道場に来る者すべてにあの剣を教えていることも考えられないではないのだ。

結局、なんの収穫もなくその日は終わった。予期した通りの結果で、こういう日もあるさと自らにいいきかせたが、さすがに疲れきり、奉行所に戻る足取りは重かった。

「なんだ、文之介、元気がないじゃないか」

門のところで勇七とわかれ、詰所に戻った文之介に声をかけてきたのは、先輩同心の石堂一馬《いしどうかずま》である。

もともと腰が軽い男で、すぐに文之介の文机《ふづくえ》の前にやってきた。

「別にそんなに疲れるような大きな一件はないだろうが」

「そうなんですがね」

文之介は立ち、近くの火鉢の上で湯気をあげる鉄瓶の湯で茶をいれた。

「俺にもくれ」

石堂がいい、どうぞ、と文之介は湯飲みを手渡した。

詰所内にはあまり人がいない。鹿戸吾市も町廻りからまだ帰ってきていないようだ。

「鹿戸さんか」

石堂が文之介の視線を追っていう。

「もう帰ったよ」

「ああ、そうなんですか」

「おまえが一番おそいんだよ。こういう平穏な時期にとっとと帰って骨休めをする。そして次の事件に備える。これが同心としてのあるべき姿だ」

「石堂さんはどうして帰らないんです」

「それだよ」

石堂はほかに人がいないのに声をひそめた。

「おまえ、丈右衛門さんのことでいろいろ調べまわっているんだろ」

「どうしてそれを」

「桑木さまさ。手があいているようだったら手伝ってやれ、といわれたんだ」

「桑木さまが。……さようですか」

「なんでも、若い浪人者に狙われているんだって」

「父も思いだそうとしているようですが、まだなにも出てこないみたいです」

「文之介、今日はなにを調べたんだ」

文之介は今日一日の動きを語った。

「それで収穫はなしか」

石堂が同情するようにいう。

「疲れるわけだな」

「石堂さんは父と一緒に働いたことがあるんですよね」

「もちろん。たくさん学ばせてもらったよ」

「若い浪人に命を狙われねばならんような心当たりはありますか」

石堂は茶を飲み、腕を組んだ。

「うーん、わからんな」

あまり考えずに口を開いた。

「いや、もうちょっと考えてみるか」

さすがに気がさしたか、石堂が目を閉じ、下を向く。

「いや、すまんな。やっぱりわからん。なにしろ丈右衛門さんが下手人をお縄にしたのは、とにかく数限りないからな。そのなかで、といわれても答えに窮するよ」

「そうでしょうね」

「文之介、丈右衛門さんの記録を見るか。なにか見つかるかもしれんぞ」

文之介たちは記録を保管してある例繰方《れいくりかた》に向かった。

係の同心の板橋三次郎《いたばしさんじろう》は居残り仕事をしていたらしく、部屋に入ることができた。文之介自身、久しぶりに足を踏み入れた。どこかかび臭さが漂っている。

「暗いな」

板橋がかたわらの行灯《あんどん》に火を入れた。

「えーと、確か御牧さんが関わった事件は全部まとめてあるはずなんだが」

板橋が捜しはじめ、文之介と石堂も手伝った。

「あった、これだ」

板橋が分厚い書類を手に文之介に近づいてきた。

「かなりあるぞ、心して読んだほうがいい」

手渡された書類はずしりと重い。文之介はそれを手に行灯のそばに寄った。殺し、押しこみ、ひったくり、泥棒盗賊、脅し、収賄、かどわかし、手ごめなどありとあらゆる事件に父が関与し、解決してきたことを目《ま》の当たりにした。

「な、すごいだろ。これだけの数を解決に導いてきたなんて、本当にびっくりするよな」

石堂が惜しむことなく感嘆の声を放つ。

「これだけの働きを見せていて、よく隠居が許されましたね」

「それだけおまえが当てにされているんだ。それに、いつまでも丈右衛門さんに頼ってはいられんだろ。おまえには悪いが、丈右衛門さんも永遠に生き続けられるわけじゃない。だが奉行所はこの先もずっと続く。だったら新しい血を入れて、その力を伸ばしてゆかなきゃならん」

文之介は父のすごさを知らされて、ため息が出るような思いだった。

「しかし、これだけの数のなかから調べあげるのは、石堂さんがおっしゃったようにかなりむずかしいですね」

「そうだろう。なにしろ、心当たりが多すぎるんだ」

「心当たりはあるわけですか」

「まあ、そりゃな」

「一つ二つ、話してくれませんか」

「いいが、ここでか」

「いい煮売り酒屋があるんでそこで飲みながら、っていうのはどうです」

石堂も酒はきらいではない。そんなに飲めるほうではないが、酒場の雰囲気は気に入っているらしく、誘われて断るようなことはまずない。

この前、勇七と飲んだばかりの江木に案内した。

「へえ、こんな店、知ってたのか。なかなかいいじゃないか。穴場ってにおいがぷんぷんするぞ」

座敷の奥のほうに座りこんだ石堂がまわりを見渡す。

「食べたい物はありますか」

「なにがうまいんだ」

「なんでもうまいですよ。では、それがしにまかせてもらえますか」

「ああ、頼む」

そろそろと寄ってきたおゆいに、燗酒《かん》と焼き魚、煮魚、煮物に漬物などをずらずらと注文した。

「ああ、先に酒を持ってきてくれ」

わかりました、とうなずいたおゆいが尻を見せないようにあとずさりしてゆく。

「なんだ、ずいぶん妙な歩き方だな」

石堂がおゆいを見送って首をかしげる。

「きっとどこか具合が悪いんでしょう」

おゆいがちろりと杯二つを持ってきた。肴はとりあえず漬物だった。

またおゆいがあとずさりをして去ろうとする。

「どこか悪いのか」

不思議そうに石堂がきく。

「いえ、いえ」

おゆいが大仰に手を振る。

「どこも悪くなんかありませんよ」

「だったらどうしてそんな歩き方をしている」

おゆいが文之介をにらみつけた。

「そちらのお方にきいてください」

おゆいはそういい置いて、厨房《ちゅうぼう》のほうへ歩いていった。

「文之介、わけを知っているのか」

ええ、と文之介は言葉少なに答えた。

「教えろ」

「仕方ないですね」

文之介はしぶしぶ話した。

きき終えて石堂が顔をしかめる。

「おまえな、町方役人がそんな真似をしちゃまずいだろうよ」

「わかってはいるんですけど、勝手に手が動いてしまうんですよ」

どうぞ、と文之介は石堂の杯を満たした。

「ああ、そういえば」

杯を口に持っていきかけて、石堂が手をとめる。

「丈右衛門さんも同じこと、さんざんやってたな。でも、女どもはいつもきゃあきゃあはしゃいでて、いやな顔はしていなかったぞ」

にやりと笑いかけてくる。

「文之介、修行が足らんな」

くいっと手首を返して酒を飲んだ。

「へえ、いい酒だ。くだり物だな」

「それがちがうんですよ。伊豆《いず》の酒とききましたよ」

「伊豆だって。酒どころでもないのに、こんなにうまい酒が醸《かも》せるのか」

石堂は立て続けに四杯、飲んだ。

「うまいな。こりゃとまらんぞ」

「石堂さん、酔っ払う前に父の話を」

「ああ、そうだったな」

石堂は大皿の上に杯をとんと置いた。

「俺が丈右衛門さんと一緒に仕事をしたのは、見習時代を入れて十三、四年といったところだが、そのなかで最も強く心に残っているのは、やはりある押しこみだな」

石堂の杯に酒を注ぎ、文之介は次の言葉を待った。

「あれは八年くらい前のことだ。文之介はまだ見習にもあがってなかったな。押し込みは五人組でな、とにかく残忍な連中だった。押し入った商家の者は皆殺し、女は老若を問わずすべて手込めにしてから殺す、という連中で、みな震えあがったものさ」

その連中が、厳重なつくりを誇る商家に次々に押し入ることができるのはなぜなのか。

「丈右衛門さんはそればかり考えていたよ」

「手引きする者がいたのでは」

「それは俺も考えた。だが、ちがった。商家の者は一人残らず殺されていたし、押しこまれる前に身元のはっきりせん者を雇い入れているようなこともなかった」

丈右衛門は、押しこむ前に商家にもぐりこんで息をひそめているしかないと考えた。

「そして押しこまれた商家に相通ずるものがないか、徹底して調べはじめたんだ」

「なにか見つかったんですか」

「ああ、どこの商家も押しこまれる前に畳替えをしているか、庭師を入れていることがわかった。文之介、どっちだったと思う」

文之介は下を向き、考えこんだ。

「畳替えのほうではないですか。畳を替えるときに床下にひそんで」

ふふ、と石堂がいかにも楽しそうに笑った。そのとき、おゆいが肴をいくつか持ってきた。焼き魚と煮魚を大皿の上に置いて、下がってゆく。

石堂がさっそく煮魚に箸をのばす。

「こいつは鯛《たい》か。うん、うまいな。文之介も食べたらどうだ」

「はやく話してください」

石堂は、もったいをつけるように酒を口にした。

「そんなにいらつきなさんな。同心は辛抱が肝心だぜ。——実は両方なんだ」

畳替えのときは床下にもぐりこむ。庭師のときは四名ほどで乗りこみ、午後の八つどきに茶をもらう際、家人の隙を盗んですばやく誰もいない部屋にあがり、天井裏にひそむ。

「帰り際、あの人はどうしたんです、と商家の者にきかれたら、ちょっと用事があって先に帰らせてもらいました、というふうにいっていたらしい。それでいきなり押しこんだのでは真っ先に疑われるのはわかっていたから、忍びこんだ者は最低でも四日は竹筒一本の水だけで、ほとんど飲まず食わずのままひそんでいたようだ。恐るべき執念だよな」

「でも、そういう商家というのは庭師にしても畳屋にしても、なじみの店というのがありますよね。それなのに、どうして押しこみの連中がやっている店が入りこめたんです」

「さすがに鋭いな」

石堂は香ばしそうに焼かれた魚の身をほぐした。

「こいつは鰤《ぶり》の照り焼きか。ふむ、嚙み締めると、じゅっと脂《あぶら》が出てくる」

さすがに文之介も我慢できず、鰤の身をつまんだ。口中に旨みのかたまりのような脂がじわっと広がってゆく。しかもどこかすっきりしており、あとで胃の腑《ふ》にもたれるようなこともなさそうだ。

「飯がほしくなりますね」

「そうだな。もらうか」

石堂がおゆいを呼んだ。すぐに丼飯がやってきた。二人はがっついた。

食べ終わって、酒を茶代わりにした。

「いや、うまかったな。満腹だよ」

満足そうに石堂が腹をさする。

ちろりが空になっていた。文之介は酒を追加した。

「なぜ押しこみが隠れ簑《みの》としている庭師や畳屋がれっきとした商家に入りこめたのか、だったな」

石堂は手でたくあんをつまみ、口に放り入れた。

「畳屋も庭師も、界隈《かいわい》でも古くから名があって、信用も十分だった」

石堂が鼻の頭をかいた。

「両方とも、もともと盗賊がはじめた店だった。二つの店の関係は、何代かさかのぼれば兄弟だった」

「それで押しこみはとらえたんですか」

「とらえたことはとらえたが、そんなにたやすくはなかった。畳屋や庭師のところへ踏みこむことも考えられたが、証拠がまったくなかった。やはり商家に押しこんだところを押さえなければならなかった」

それで丈右衛門たちは畳屋と庭師のところに張り番をつけ、監視した。

そしてある日、老舗《しにせ》の米問屋のもとに庭師が呼ばれたのだ。

「その店のどこかに忍びこんでいる者がいるのはわかっていたから、店の者には一切知らせず、我々はじっとその商家を張り続けたんだ。庭師が入ってから五日目の晩、ついに男たちが店の裏にあらわれた。店に押しこむのを待って、俺たちは急襲したんだ」

「全員捕縛ですか」

「全部で八人、すべて獄門になった。これなどは丈右衛門さんの働きがなかったら、解決までにあと何軒かはまちがいなくやられていただろう」

そうだろうな、と文之介も思った。

「でも、若い浪人に狙われるのはこれ絡みではないですね」

「まあ、そうだろうな。その浪人者は丈右衛門さんを的に定めて狙っているんだよな。今いった押しこみの場合、糸口を見つけたのは丈右衛門さんだが、そのことを賊どもは知らんし、実際に多くの者が捕縛に出張《でば》っている。やつらに血縁がいたとしても、丈右衛門さん一人を狙うというのは納得がいかんよな」

「父一人で解決に導いた事件で、なにかうらみを買いそうなものはありませんか」

「どうだろうな」

石堂は首をひねった。顔がだいぶ赤く、できあがりつつあるのがわかる。

「駄目だ、文之介。もう酔っ払っちまってなにも考えられん。すまん、今日はもう勘弁してくれ」

「わかりました」

「それにしても文之介。丈右衛門さんが隠居して二年、そのあいだなにもなかったのに、どうして急に狙われはじめたのかな」

「それなんですよ。それがしも不思議に思い、ただしたのですが、父もさっぱりわからないようなんです」


明くる日も朝から文之介は勇七を連れ、調べを続けた。もう隠居している年配の元同心にも話をきいたし、父と古くからつき合いをしている多くの町役人にも会った。

しかし、誰もが多くの事件を解決に導いた父の働きぶりを賞賛するばかりで、一人として文之介を満足させる話をしてくれる者はいなかった。

そして、締めはお決まりの言葉だった。

「お父上のような立派な同心になってくださいましね」

暮れゆく空に向かって歩きながら、文之介は毒づいた。

「まったくどいつもこいつも」

「まあ、仕方ありませんよ、旦那」

「仕方ねえって、あんな言葉をいわれて俺がどれだけ傷つくか、あいつら、一人としてわかっていやがらねえんだぞ」

「まあまあ、そんなに怒らずとも」

肩を叩くような仕草をして勇七がなだめる。

「あれだって旦那を見込んでいるからこそですよ。誰もが将来に大きな望みを寄せているから、あんなことというんですよ。たとえば横取りしかできないような旦那は、決していわれませんよ」

勇七を見て、文之介はふふ、と笑った。

「なんだ、ずいぶん根に持ってんだな」

「当たり前ですよ。旦那、はやいとこ大きな手柄をあげて、ぎゃふんといわせてやりましょうよ」

「おう、まかしとけ」

文之介はどんと胸を叩いた。勇七のおかげですっかり機嫌は直っている。

第二章　本気惚れ

一

ごろりと横になり、源四郎は腕枕《うでまくら》をした。だいぶこの天井も見慣れてきた。

弓五郎の家にやってきて、今日で三日目。今のところなにもなく、平穏そのものだ。弓五郎は最上の部屋を提供するようなことを口にしたが、実際のところ悪くない部屋である。南と東に向いた角部屋で、日当たりがいいために朝もそんなに寒くない。

今、何刻《なんどき》だろう。昼餉《ひるげ》を食べてから一刻《いっとき》はたっただろうか。

三日前も、と源四郎は思った。このくらいの刻限だった。

「では、これにて失礼いたします」

伯母に深々と頭を下げ、道場の外に足を踏みだしたのだ。ほとんど荷物らしい荷物はなく、せいぜい着替えくらいだった。源四郎は風呂敷包みを一つ手に、歩きはじめた。

伯母はどこに行くのか、それすらもたずねようとしなかった。

ほんの三間《けん》も行かないところで、眼差しを感じた。

振り返ると、正助がじっと見ていた。目を潤《うる》ませている。

「源四郎の兄ちゃん」

叫んで走りだそうとしたが、その手をがっちりと伯母がつかんだ。

源四郎はほかからも目が当てられているのを覚え、そちらに顔を向けた。そこは道場の連子窓だった。

師範代の川田太兵衛を筆頭に門人たちが、去りゆく源四郎を冷ややかに眺めていた。

負けたわけではないのに、敗北感がじっとりと汗のように背中に貼《は》りついてきた。

悔しさを嚙《か》み殺しつつ、源四郎は道場から遠ざかった。

今でもあの川田たちの目を思いだすと、立ち戻って叩《たた》き斬《き》ってやればよかったと思える。

体に住む凶暴な獣が暴れだしそうになるが、それを源四郎はなんとか抑えている。

とにかく、これでいい、とあらためて思った。なにをしようと、俺がどうなろうと、伯母や正助に迷惑をかけることはないのだから。

「源四郎の旦那、起きていらっしゃいますかい」

襖の向こうから弓五郎の声がかかった。

「あけてようございますかい」

源四郎は立ち、自分で襖を横に滑らせた。

「どうした」

「いえ、ご機嫌うかがいですよ」

「なんだ、そうか」

源四郎は部屋のまんなかにどかりとあぐらをかいた。

「しかし源四郎の旦那、よくいらしてくれましたねえ」

「それはこの前きいたばかりだ」

三日前、弓五郎たちは手放しで迎えてくれたのだ。冷たく追いだされたばかりだったから、その歓迎ぶりは源四郎の心をわずかながらも慰めた。

それに弓五郎は人相こそ悪いが、腹のなかにはなにもない、さっぱりとした男だった。手下の六人も似たようなもので、源四郎は昔の道場に感じていたような居心地のよさを覚えている。

「この部屋にも慣れましたか」

「ああ、いい部屋だ。気に入ってる」

「それはどうも。あっしもあけた甲斐《かい》があったというものですよ」

「なんだ、おぬしの部屋だったのか」

源四郎は手招いた。

「そんなところでは寒かろう。入ったほうがいい」

「では、お言葉に甘えまして」

膝行《しっこう》して入り、襖を閉めた。

源四郎はじろりとにらみつけた。弓五郎はひきつった表情を浮かべた。

「どうしてそんな怖い顔、されるんです」

「本当はなにが知りたいんだ」

「声もおっかねえんですねえ」

「はやくいえ」

「あの、その、菊蔵の話だと、子供の頃から道場にいたそうじゃないですか。どうして出ることに」

「それがききたいのか」

「ええ、お話しくださるなら」

「ふむ、今は駄目だ。そのうち気が向いたら話そう」

「は、はい、わかりました」

日が暮れる前から、次々に夜鷹たちがあらわれ、控えの間に入ってゆく。最初の日はいちいち弓五郎が紹介したが、源四郎はあっさりとすべての女の名を覚えることができた。

まず驚いたのは、女の数の多さだ。三十名はいる。歳もさまざまだった。下は二十歳前後、上は六十をいくつか超えている。

「これでも化けりゃあ、なんとかなるもんなんですよ」

弓五郎が笑って説明し、女たちが言葉を重ねる。

「化けるっていっても、もともと化け物なのよ」

「そうそう、化け物が別の化け物になるってことにすぎないんだけど、暗いからね、お客だってよくわかりゃあしないのよ」

「そうね、おみのさん、いつも特に暗いところ選んでるものね」

「あんたら、あたしのことさんざん馬鹿にするけど、あんたらだっていつかは歳を取るのよ。今いったこと、よーく覚えておきなさいよ」

最初の日はそんなやりとりがあったのち、女たちは連れ立って出かけた。そのあとを源四郎はのんびりとついていったのだ。

自分の部屋を出て、源四郎は女たちが集まっている控えの間に足を入れた。

「あーら、源四郎の旦那、相変わらずいい男だねえ。商売の前に、どう、あたしで抜いてく」

「引っかかっちゃあ駄目よ、源四郎の旦那。この女、いくつか知ってる。源四郎の旦那より三十も上なのよ。ね、だから若い私にしときなさいよ」

「なにいってるの、あんた。よく自分のこと若いなんていえたわね。あんた、私より一つ下なだけじゃないの」

女たちが商売に出かける前はいつもにぎやかだ。そのことに源四郎は、生きているというたくましさを感じる。

「ねえ、源四郎の旦那、あたしじゃ駄目」

いってきたのはこのなかで一番若いと思えるおりくだ。

「なに、あんた、若さにものいわせようって気」

源四郎はしかめっ面《つら》で相手にしなかった。ふっと目をとめる。

一人、物静かな女がいる。まだ若く、二十三、四ではないかと思える女だ。

「あら、源四郎の旦那のお目当ては、お理以《りい》さんなの」

一人が冷やかすようにいう。

源四郎は無視した。

女はお理以といい、最初に見たときからちょっと気になっている。

こういうところには、明らかに似つかわしくない感じがするのだ。

大きな目と高い鼻を持つ顔立ちはととのい、その物腰にはどこか優雅さすらあるような気がする。

いったいどうして夜鷹をしているのか。

「それじゃあ、源四郎の旦那、そろそろお願いしますよ」

弓五郎が顔をのぞきこむように頼む。

少しあけられた障子から見える外は暮れかけており、静かにおりてきた闇《やみ》が薄い衣を梢《こずえ》や家々にまとわせようとしていた。

ふと源四郎は、御牧丈右衛門のことを考えた。今、どうしているのだろう。なにゆえ狙《ねら》われているか、わかっただろうか。

それにしても、どうすれば丈右衛門を殺せるか。

これまで何度もじっくりと考えたことだ。うしろから近づいてばっさり殺《や》る。それではまず無理だ。

実のところ、もう手立てがついていないこともない。

ただ邪魔なのはせがれだ。まさかあれだけの手練《てだれ》とは正直、思わなかった。

あやつを先に除くべきか。だが、それもかなりむずかしい……。

「どうしたの、そんなに怖い顔して」

夜鷹の一人にいわれた。

「みんな、源四郎の旦那を待ってるわよ」

わかったと答えて、源四郎は歩きはじめた。

二

「なんだよ、もう暮れてきたじゃねえか」

文之介は格子窓から外を見た。

「今日はあらわれねえか」

「でも、油断はできませんよ。旦那がそういうことを口にすると、裏をかいたみたいにあらわれますから」

「そうなんだよな。おい勇七、俺にはそういう才があるのかもしれんぞ」

「かもしれませんねえ」

「なんだ、気のねえ返事だな」

文之介は腹を押さえた。

「なんか、腹、空いてきたな。盛りでも頼むか。いや、ここは思いきって豪勢に天麩羅《てんぷら》蕎麦《そば》にするかな」

文之介たちは南本所元町《もとまち》の蕎麦屋にいる。元町は東西を大きな通りにはさまれており、回向院《えこういん》に面しているほうを土手側と呼び、西側の両国橋《りょうごくばし》に近いほうを東両国というが、文之介たちがいる蕎麦屋は回向院側の通りにあった。

「勇七、おめえはどうする。食うだろ」

「あっしはけっこうです」

「そうか。じゃあ俺もやめとこう。一人で天麩羅蕎麦食っても、つまらねえもんな。勇七、なに真剣に見てんだ」

勇七は、すっかり暗くなって行きかう人が影にしか見えなくなっている目の前の通りを見つめている。

「何人もの人が掏摸にやられたっていうのは、ここ二日ばかりのことなんですよね」

「ああ、いっぺんに十四人ばかりが巾着《きんちゃく》や財布をすり取られた。やられた金は全部で八両にも及ぶ」

「掏摸は一人ですかね」

「どうかな。一人でやるのもいるし、数名で組んでやる者もいるらしいが、今度はいくらなんでも手際がよすぎるからな、たぶん組んでるんだろうよ」

「数人の仕業《しわざ》としても、二日で八両なら相当の稼ぎですね」

「どれくらいを稼いで相当とするのか、掏摸をやったことがねえからわからねえが、悪くはないと思うぜ。なるほど、だとしたら今日はおろか、稼ぎを食いつぶすまでは当分あらわれねえってことか」

「そういうことです」

文之介は勇七を見た。

「掏摸なんかより父上のことを調べたいってえ面だな」

「いえ、そんなことはないですよ」

あわてたように勇七が否定する。

「とぼけなくたっていい。実をいえば俺もそう思っているんだ」

文之介はさっききよりさらに闇が深まった外を眺めた。

「気になるからな。しかし、今はあとまわしにするしかねえな。掏摸をとっつかまえるのも町方としては大事な仕事だ」

「そうですね、はやいとこととらえて、ご隠居の仕事に戻ればいいんですよね」

勇七が外を気にし、きょろきょろする。

「どうした」

「いえ、またこの前みたいなこと、あったらいやだなと思いましてね」

「鹿戸さんか」

「ええ、鹿戸の旦那、近くにいるんじゃないですか」

「どうかな。二度も横取りなんてせこいことするかな」

「でもあのお方ですから……」

そのあとの言葉を勇七はのみこんだ。

「横取りされたってかまわん。そんなのは些細《ささい》なことさ」

「誰だろうととらえればいい。これは旦那の本心なんですよね。しかし、ずいぶん心が広くなりましたねえ」

「なんだ、ほめるな。照れるじゃねえか」

「成長したなあって、あっしもうれしくなっちまいますよ」

不意に文之介は考えこんだ。

「どうしました。またご隠居のことが気にかかるんですかい」

「いや、ちがう。心配は心配だが、あの親父はそうたやすくくたばる男じゃねえ」

格子窓の外に目をやり、文之介は景色を眺めた。

「ここは南本所元町だよな」

「ええ、もちろんそうですけど、それがなにか」

「南本所元町っていったら、確か赤穂《あこう》浪士が立ち寄った蕎麦屋があるんじゃねえのか」

「えっ、そうなんですか。もしかしたらここがそうなんですか」

「いや、わからねえ」

ちょっときいてみるか、と文之介は手をあげ、店の者を呼んだ。

店主が奥からもみ手をしつつやってきた。

「ご注文ですか」

「いや、そうじゃねえんだ」

文之介は赤穂浪士のことをたずねた。

「ああ、そのことですか」

店主は残念そうな表情を浮かべた。

「いえ、うちじゃないんですよ。東両国にある原治《げんじ》という店ですよ」

「今もあるのか」

「はい、もちろん。場所もいいですし、繁盛してるみたいですよ」

「そうか。ありがとう」

店主は下がっていった。

「勇七、今度行ってみるか」

「ええ、いいですね」

「でもあの店主、なんで赤穂浪士はうちで食ってくれなかったっていいたげだったたな」

「気持ちはわかりますよ」

勇七が店内を見渡す。広い座敷の六割方は埋まっており、まずまずの入りといったところだろうが、それでも店主としては満足できないにちがいない。

「これも運命だな。ときを戻せてその場に行けるんだったら、どうかうちにお入りください、と袖《そで》でも引きたい気分だろうぜ」

文之介は外に目をやった。外は闇の幕にすっぽりと覆い隠され、人通りはさらに少なくなっている。

「勇七、こりゃ出そうもねえな。そろそろ引きあ――」

文之介がいいかけたとき、掏摸だあっと叫ぶ男の声が響いてきた。

「旦那、出やしたよ」

勇七が立ちあがり、草履を履いてあっという間に外へ駆けだす。

「またか。しかし、どうなってやがんだ」

ぶつぶついいながら文之介は勇七のあとを追った。

広い通りを北へ走ってゆく勇七のうしろ姿が見える。すぐに足をとめ、商家の手代《てだい》らしい男に話をきいている。

勇七は振り向き、文之介を手招くようにした。文之介は走って近づいていった。

「掏摸はどんなやつだ。男か、女か」

鋭い口調で文之介はきいた。

「いえ、わかりません。でもあれは女だったような気がします。どんと突き当たられて、そのあと懐が軽くなった気がしたんで、手を入れてみたら案の定」

「女は若かったか、歳を取っていたか」

「若かったように」

「どんな身なりをしていた」

「いえ、あまり覚えてないですけど、御高祖頭巾《おこそずきん》をかぶっていたように思います」

「その女はどっちへ行った」

「あっちです」

手代が指をさしたのは北だった。

文之介は、手代の名と奉公先をきいてから北へ向かって駆けだした。

闇が濃くなり、それらしい女は見当たらない。

「くそっ、いやがらねえな」

文之介は曲がり角で足をとめ、左右を見渡した。

「どっちへ行きやがった」

人影はまばらで、どちらの方向にも御高祖頭巾をかぶったような女は見当たらない。

「おや」

勇七が小さな声をだす。

「どうした」

「今、あの角を御高祖頭巾をかぶった女が曲がっていったように……。店の明かりでちらっと見えただけなんですが」

「行くぞ」

町は本所小泉町《こいずみちょう》だ。女が曲がった角というのは、本所松坂町《まつざかちょう》一丁目に入る道の入口だ。このあたりは御台所町《おだいどころまち》とも呼ばれる。道の北側に御台所御家人《ごけにん》の屋敷が並んでいるからだ。

「あれです」

角に来て、勇七が南を手で示した。

急ぎ足で遠ざかる女の姿が見える。女の前がぼんやりと明るいのは、小田原提灯でも手にしているからだ。確かに、御高祖頭巾をしていた。

行くぞ。文之介たちは再び走りだした。

あと十間ほどに迫ったとき、足音をききつけたらしい女が振り返った。提灯をぐるりとまわす。

文之介の黒羽織がかすかに照らしだされた。女がはっとし、提灯を叩き捨てると、だっと駆けはじめた。

「待ちやがれっ」

勇七が叫んだが、これで足をとめる者に文之介はお目にかかったことがない。

女の逃げ足ははやい。とても女とは思えない。

「旦那、あれ、女じゃないですよ」

勇七が息を弾ませながらいう。

「やっぱりそうか」

文之介も荒い息とともに返した。

「男でもないみたいですね」

「なに、どういう意味だ」

「いえ、きっと男の子っていったほうがいいかもしれない歳ですよ」

「いくつくらいだ」

文之介はさすがに苦しくなってきている。心の臓がこれ以上走ると破裂するぞ、と警告するかのように激しく打っている。

「まだ十をいくつも出てないでしょう」

「そんな餓鬼が、どうして掏摸を」

「食うためにいろいろしなきゃならないんでしょう」

「なんか、つかまえたくなくなってきたな」

「でもはやいところ、つかまえるのも親心かもしれませんよ」

「まだこれまでにつかまったこと、ねえかな」

「ないんじゃないですか。そんな若い掏摸がつかまったら奉行所内で話の種になるでしょう」

「確かに、きいたこと、ねえな。よし、ここでつかまえて、改心させて、やるか」

あまりの苦しさに、言葉がとぎれとぎれになる。

「大丈夫ですかい」

駆けながら勇七が心配そうに見る。

「当た……り前だ。へっちゃ、らだよ」

掏摸は、四度つかまると金額の多寡にかかわらず死罪となる。十間先を逃げてゆくあの掏摸がもしこの先掏摸をやめないとしたら、おそらく二十歳までは生きられまい。

勇七が足をはやめた。文之介も必死に続いた。

勇七があと三間ほどまでせまったとき、掏摸が右手をあげた。いきなり横の路地から細長い物が突きだされた。

勇七はよけきれず、足を払われる格好になった。頭から宙を飛び、道に腹から滑りこむ。

勇七の足をとらえたのは竹だった。文之介は竹が突きだされた路地を見たが、誰もいない。濃い闇がどっしりと居座っているなか、一本の竹がむなしく横たわっているだけだ。

掏摸の男の子も、とっくに姿が見えなくなっている。

眉間にしわを寄せて文之介は勇七に近づいた。

「大丈夫か」

「ええ、大丈夫ですよ」

勇七は手のひらの土を悔しそうに投げ捨てた。

「くそっ、やられた」

「仲間がいたんだな」

「そっちも子供でしょうかね」

「おそらくな」

文之介は勇七をあらためて見た。

「怪我はないか」

「手をすりむきましたけど、たいしたことはありません」

「仕方ねえ、戻るか」

ええ、と答えたが、その場に未練があるかのように勇七は動かず、にらみつけるようにあたりを見まわした。

「次はきっとつかまえてやるからな」

まだ近くにひそんでいるかもしれない子供たちに向かっての言葉だ。

奉行所に戻り、文之介は又兵衛のもとに行って顚末《てんまつ》を報告した。

「なに、掏摸は子供だと」

さすがに又兵衛も驚いた。

「まちがいないのか」

「まず」

「そうか」

又兵衛は悲しげに目を落とした。四度目は死罪、ということに思いが至っているようだ。長生きなど決して望めない子供がまた生まれたことが、無念でならないのだろう。

「しかし取り逃がしたか」

又兵衛がかたく腕組みをした。

「よし文之介、明日取り返せ」

「承知しました」

揺るがぬ決意を胸に文之介は答えた。

三

正助は元気にしているかな。

源四郎は夜空に面影を思い浮かべようとした。

空には雲が広がり、半月が雲の陰に出たり入ったりを繰り返している。

源四郎は月に正助の面《おもて》を重ねようとしたが、うまくいかない。

わかれてまだ数日もたっていないのに、これはどういうことなのか。

伯父の伊太夫の墓参りだけは毎日欠かすことなく続けている。それでも、伯父の顔すらもだんだんと思いだしづらくなりつつあった。

これが俺の情の薄さか。

源四郎は自嘲《じちょう》気味に笑った。

道場にも顔をだしたい。師範代の川田の顔など金をもらっても見たくないが、竹刀を振りたくてならないのだ。鋭い気合に腹を揺すぶられるような緊張は、子供の頃から大好きだった。

源四郎は首を振った。もはやどうすることもできない。今は、目の前の仕事に集中することだ。

あたりからは、ひそやかなあえぎや忍び笑いがきこえてくる。

これだけ寒くても、女を抱きたいという欲のほうが強いのか、客たちは入れ替わり立ち替わりやってくる。

今夜も商売繁盛で、立ちんぼうになっている者はほとんどいない。あの六十をすぎたおみのでさえ、客がついている。

もっとも、おみのは客あしらいが巧みなのか、それとも上等の器を持っているのか、客が途切れることがほとんどない。

もしも明るいところで見たらどの客も仰天するところだろうが、これだけ暗いのなら厚化粧でなんとかなるのは確かのようだ。

それに加えて値段も安い。おみのは二十四文だ。煮売り酒屋で飲む場合、酒一合が二十文程度だから、それとさして変わらないというのは驚きだ。ほかの者も似たようなもので、まだ二十歳に届いていないおちさが最も高くて三十六文でしかない。

「でもお酒は仕入れとの差が儲《もう》けでしょう。あたしたちは元手がかからないから、丸々儲けなのよ」

おみのは屈託なく笑っていたものだ。

場所は、柳島村《やなぎしまむら》の南にあたる深川元町代地の道沿いにある原っぱである。近くに飲み屋がけっこうあるのと、近在の百姓たちの求めも多いようで、客を引く場としては源四郎から見ても格好に思えた。

弓五郎はいいところに目をつけたものだ。ここなら縄張として狙われても、おかしくはなかった。

これまで六晩、夜鷹たちの警固をこなしてきたが、弓五郎が懸念する、柿助一家の悪さというのは一度もない。

今夜も平穏だ。本当に柿助一家が狙ってきているのか、疑いたくなるほどだ。

ただ、この平穏が長く続くのも逆に困る。弓五郎が柿助一家は縄張を狙ってなどいない、と判断したら、お払い箱だ。またねぐらと仕事を捜さねばならなくなる。

この仕事は気楽でいい。ずっとやっていたい。それに、源四郎にはもう一つ強い理由があった。

今日は来なかったな。

お理以が宿に姿を見せなかったのだ。気がかりだったが、口にだせずにいると、宿を出る直前、一人の夜鷹が見かねたように教えてくれたのだ。

「心配そうな顔ね」

源四郎は無表情な顔を向けただけだ。

「風邪をひいたのよ」

そうだったのか。

「具合は」

源四郎がきくと、女が笑った。

「お理以ちゃんじゃないわよ。子供が風邪をひいて、熱が出たみたいなのよ」

「えっ、子供がいたのか」

源四郎にとって驚きだった。

女はそんな源四郎をおかしそうに眺めている。

「子供っていくつだ」

「二つの男の子よ」

二つか、と源四郎は思った。

「同じだな」

我知らずつぶやいていた。

「えっ、同じってなにが」

「いや、なんでもない」

「源四郎の旦那にも子供がいるの」

女がじろじろ見る。その面にはまさか、という色が見えている。

「いや、おらん。お理以さんはどこに住んでいるんだ」

「行くの」

「いや」

女はていねいに道順を教えてくれた。

弓五郎が割りこむように顔を見せた。

「旦那、そろそろ刻限です」

そして今、源四郎はこの原っぱにいるのだった。

「今夜もなにごともなさそうね」

はやばやと今宵《こよい》の商売に見切りをつけてあがってきた女がいったが、源四郎は答えなかった。

「どうかしたの」

女が不審げにきく。

「いや、なんといえばいいのか」

なにか妙な気配がうごめいている。そんな気がしてならない。

「見まわってくる」

女にいい置いて、源四郎は歩きはじめた。

胸騒ぎがしている。それがいったいどこからきているのか。単に、気のせいかもしれない。杞憂《きゆう》に終わるのならそれでいい。

源四郎は刀に手を置いて、歩き続けた。

どこにもおかしいところはない。耳に入るのは甘いうめきやあえぎ、男女がかわしているささやきだ。

そのどれもが、闇という夜具にしっかり抱かれているという安堵《あんど》に満ちている。

やはり気のせいだったか。

源四郎は道を戻りはじめた。

しばらく行って足をとめた。腰を落とし、耳を澄ませる。

今、なにか叫び声がしなかったか。

空耳だっただろうか。

いや、ちがう。まちがいなく女の悲鳴だ。

どこだ。源四郎は闇を見まわし、悲鳴がしたと思えるほうへと足を向けた。

「ちょっとあんた、なにすんのよっ」

今度は明瞭《めいりよう》な怒鳴り声が耳に届いた。あれはおみのの声だ。

「ちゃんと金、払いなさいよ」

「うるせえ、このばばあ」

びしり、と頬を張る音が夜気を裂いた。

やはりあらわれた。源四郎はおみののもとへ駆けつけようとした。

「ちょっとあんた、払いなさいよ」

すると、別のところからも声があがった。見ると、そちらのほうが近かった。

「うるせえ、このすべたが」

頬が鳴る音が夜を突き抜けてくる。

「なにすんのよ、この馬鹿」

女がむしゃぶりついてゆく気配。うるせえんだよ。どん、と肉を打つ音。男が足蹴《あしげ》にしたようだ。きゃあ、と女が叫び、横倒しになったのがわかった。

源四郎はその場に駆けつけた。

「へん、おめえみてえな年増《としま》、抱いてもらっただけいいと思いやがれ」

男がぺっと唾《つば》を吐く。去ろうとした肩を源四郎はがっちりとつかんだ。

「待ちな、金はきっちり払ってもらうぜ」

「なんだ、てめえは」

男が鋭く振り向く。

「用心棒さ」

男が闇を見透かすようにした。

「その割に若えじゃねえか」

さげすむ笑いを見せる。

「そんな若さで用心棒がつとまるのか」

「歳は関係なかろう。払うのか、払わんのか」

「こいつが答えだっ」

男が拳を振りあげ、殴りかかってきた。源四郎は片手で払いのけ、体を男に密着させるや腹に肘《ひじ》を叩きこんだ。男は、ぐえ、と口から戻すような声をだして、地面に倒れこんだ。口から泡を吹いて気絶している。

その騒ぎをききつけて、ほかの客たちがざわつきはじめた。あわてて身繕《みづくろ》いをして金を払い、面倒はごめんとばかりに原っぱを抜け出てゆく。

小さな雲にかかった月がまた顔をだすまでのあいだに、客は一人残らずいなくなった。

そのあいだに、源四郎はおみののもとに急ぎ足で近づいていた。

「このばばあ、とっとと放しやがれ」

ここはさすがにおみので、男に殴られても蹴られてもあきらめず、男から離れようとしない。

「あっ、源四郎の旦那、よく来てくれたね」

その声に男が源四郎を認めた。

「てめえか、新しい用心棒ってのは」

「なんだ、ちゃんと知ってるんだな」

源四郎が笑うと、男が懐から匕首をだした。

「二度と用心棒なんてできねえ体にしてやる。悪く思うな」

抜き身が闇に光り、男が猛然と突っこんできた。

源四郎はひょいと匕首を避け、男の腕をがっちりと取った。体をかがめざま投げを打つ。風車のように足をまわした男は、どしんと背中から地面に落ちていった。

源四郎は男の腹に拳を入れ、気を失わせた。

「これだけか」

源四郎がつぶやいたとき、まわりに人影がずらりと立った。

「なんだ、けっこういやがるんだな」
十二、三人といったところか。
「源四郎の旦那……」

震え声がし、振り返ると、弓五郎の手下たちが源四郎のうしろに集まっていた。

「多いですよ、大丈夫ですか」

ふん、と源四郎は鼻で笑った。

「心配するな、こんな連中、物の数じゃねえさ」

男たちが無言で迫ってくる。ほとんどの者が匕首を手にしている。男たちのうしろには二つの影がのっそりと立っている。どうやら柿助一家の用心棒のようだ。

「柿助はいるのか」

源四郎はのんびりした声で問うた。

男たちから応えはない。

「なんだ、いねえみてえだな。いたらこいつで首を刎《は》ねてやるつもりだったんだが」

よし、やるか。源四郎は刀を抜いた。

闇に光る抜き身を見て、男たちの動きがぴたりととまった。

「心配するな。殺しはせん。峰打ちでとどめておいてやる。——おまえたちは離れてろ。近づくんじゃねえぞ」

源四郎は弓五郎の手下を下がらせた。

「へっ、ずいぶんとなめた口、きくじゃねえか」

先頭の男が、やっちまえ、と声をだした。男たちが殺到してきた。

源四郎は一つ大きく息を吐いた。十三名ばかりを相手にして、さすがに疲労を隠せない。

男たちは地べたに這《は》いつくばり、うめき声をあげていた。誰もが腹を押さえて立ちあがれずにいる。

残っているのは二人の用心棒だけだ。

「おい、やるのか」

源四郎が声をかけると、二人はずいと出てきた。いずれも一本差の浪人だ。身なりは貧しく、ろくに剃《そ》っていないひげが頬から顎にまとわりついている。一人はひげに白いものがまじっていた。

「なかなかやるな、若いの」

白いひげの浪人が薄く笑い、もう一人がうなずいた。

「十年後だったら我らも危うかったかな」

「なんだ、二人とも自信たっぷりだな」

「むろん。おぬし、おのれを敵なしとでも思ってるんだろうが、それは若さゆえの傲慢《ごうまん》にすぎん。今、思い知らせてやる」

一人がすらりと刀を抜いた。もう一人は黙って見ている。

「あんたらこそ勘ちがいしているようだ。今、教えてやろう」

源四郎は刀尖を向け、すすと足を運んだ。無造作に距離をつめ、刀を上段から振りおろす。

浪人は受けとめようとしたが、すぐに苦悶《くもん》の声を発した。源四郎の刀が脇腹《わきばら》をとらえていたのだ。

「なにゆえ……」

「こんなのは最もたやすい変化じゃねえか。それも見切れんで、よくも用心棒なんてやってられるな」

一人が地面にくずおれたのを見て、もう一人があわてて抜刀した。

源四郎はひとっ飛びで浪人に近づき、刀を振るった。さっきと同じ刀法をつかったら、浪人は打ち返してきた。

「少しは遣えるようだな」

源四郎は笑みを見せ、刀を胴に振った。浪人はこれも弾いたが、源四郎が逆袈裟《ぎやくげさ》に振った刀は見えなかったようだ。

骨が折れた音がし、浪人は刀を放りだすようにして打たれた右肩を手で押さえた。片膝をつき、うう、とうめいている。

「右腕はもうつかえんな。二度と用心棒ができん体になっちまった」

源四郎は弓五郎の手下たちを振り返った。

「柿助の家はどこだ」

「えっ、きいてどうされるんですか」

「乗りこむんだ」

「本気ですか」

「今、やつの家は手薄になっているはずだ。ここで思い知らせておけば、二度と悪さはせんぞ」

「いえ、でもあっしは知らねえんですよ」

「誰か知っている者は——いや、こいつらにきいたほうがはやいな」

源四郎はかたわらに転がっている男の髪をつかみ、ぐいと顔を持ちあげた。

「おい、おまえ。起きろ」

源四郎は乱暴に顔を殴りつけた。

男がうめき声をあげた。

「気絶したふりをしてるんじゃねえ。案内しろ」

男は充血した目で源四郎を見あげた。

「どこへ」

源四郎は告げた。

「馬鹿をいえ」

男が精一杯の虚勢を張った。源四郎は、容赦なく顔を地面に叩きつけた。がんと音がし、男の鼻が潰《つぶ》れた。うめき声とともに鼻の穴から血が噴きだす。

「案内しろ」

痛みに顔をしかめつつ、男が悔しそうにうつむいた。

四

詰所を出て、表門のところで勇七と落ち合った。

「しかし、今朝も冷えやがったなあ。しもやけができそうだぜ」

手をこすり合わせて文之介は勇七を見た。

「そういやあ、勇七は昔っからそんなに寒い寒いっていわねえな。どうしてだ」

「いったところであったかくなりはしないからですよ」

「なんともおめえらしい、そっけねえ言葉だな。でも、もっともだな。夏に、暑いですねえ、っていっても暑さは飛んでってくれねえもんな」

はあ、と手のひらに息を吹きかけてから、文之介は顔をあげた。

「よし勇七、行くか」

二人は表門をくぐり抜け、道に足を踏みだそうとした。

「おい、文之介」

うしろから呼びとめる声があった。振り返ると、石堂が立っていた。

「文之介、今日はどこへ」

「見まわりのほかに引き続き掏摸を捜しに行こうと思っているんですが」

「そうか。その前にちょっと行ってきてもらいてえところがあるんだが、いいか」

「かまわないですよ。どこです」

「昨夜な、夜鷹が集まる原っぱで騒ぎがあったらしいんだ。それで調べてほしいとの求めが自身番のほうからあってな」

場所は深川元町代地ということだ。最近、文之介は地名をきいただけでだいたいどこでも行けるようになった。

「いいですよ、行きます」

「すまんな。本当は俺が行かなきゃいけねえんだが、朝からちょっと具合が悪いんだ」

「大丈夫ですか」

いわれてみれば、少し顔色が青いようだ。

「いや、どこが悪いってんじゃねえんだ。ちょっと昨夜《ゆうべ》飲みすぎて、ふつか酔いなんだ。もっとも実際に腹をくだしてもいてな、とても原っぱまで行けるような状態じゃあねえんだ。——この借りはいつか返すからさ」

「いや、いいですよ」

じゃあ行ってきます、と文之介は手をあげて歩きだした。

「石堂さん、大丈夫かな。本当に顔色、悪かったぜ」

「ええ、あの人の場合、飲みすぎというより食べすぎのほうなんじゃないかって思うんですけどね。もう少し体をいたわってやったほうがいいですよね」

「そうだな。奉公がかなわなくなったら、いいことなんて一つもねえからな」

「旦那も注意してくださいね」

「俺は別に食いすぎるなんてことはねえ」

「いえ、そういうのだけじゃなくて体に不調があったら無理しないとか」

「不調か。そういえば、最近かわいいおねえちゃんの顔を拝めなくなったのが、不調といえば不調だな。なかなか前を歩いてくんねえんだよな。なにかばちが当たるようなことしたかな」

はあ、と声にだして勇七がため息をつく。

「まじめに心配した俺が馬鹿だった。そういやあ、この手の人間はだいたい病気一つしねえもんだ」

師走らしい冷えこみだったが、風がない分、真っ青に晴れ渡った空にある太陽からの光がやや強く感じられ、歩き続けているうちに体は十分にあたたまってきた。

「なあ勇七、こうして風がなかったら冬ってのもあまり悪くねえよな」

「あっ、旦那」

勇七が人さし指を唇に当てて、しー、といった。

「なんの真似だ」

「いや、旦那がそんなことを口にしたら必ず風が——」

勇七がいい終わらないうちに吹きおろすような風が起こり、文之介たちを冷たい腕でがばっと包みこんだ。

「なんだ、なんだ」

それまで静かだった町が一変し、冬ならではの横殴りの風が吹き渡りはじめた。まるで吠《ほ》えかかろうとする犬のように土が立ちあがり、ざざざと音を立てて着物に入りこんでくる。

道沿いの木々が大きく揺れ、家々の戸ががたがた鳴っている。行きすぎる人たちも、なんだい、急に、と迷惑そうに顔をしかめている。荷駄を背負った馬も驚いたようで、棹立《さおだ》ちになろうとするのを、どうどうと馬子が必死になだめていた。

「旦那ぁ」

顔をしかめて勇七がうらめしげに見る。

「なんだ勇七、この風が俺のせいだっていうのか」

「ちがうとでも思ってるんですか」

「当たり前だ。俺が風を呼べるんだったら、とめることもできるはずだが、そんなのできねえぞ」

「一度やってみてくださいよ」

「おめえ、ぶん殴るぞ」

「頼みますよ、旦那」

手を合わせて勇七が懇願する。

「わかったよ。なんていやあ、いいんだ。えーと、こんなに冷たい風が吹いてくれて、いかにも冬らしいなあ、まったくありがたいこったぜ」

だからといってさすがに風が吹きやむことはなかった。

「ほら見ろ、勇七。全然おさまんねえじゃねえか」

「あれ、おかしいですねえ。まあ、でも旦那が関係ないのが明かされて、よかったじゃないですか」

「まったく調子のいい野郎だ」

文之介はずんずんと歩いて、深川元町代地の自身番に寄った。それから町役人を同道し、騒ぎがあったという原っぱにやってきた。

「ここか。なかなか広いな」

原っぱといっても茂みがいくつかあり、そのほかにも朽ちた材木が積みあげられていたりして、夜鷹が春をひさぐにはぴったりの場所に思えた。

「で、なにがあったんだ」

文之介はまだ年若い町役人にたずねた。

「ええ、ここを縄張にしようと目論《もくろ》んでいるやくざ者がいましてね。昨夜、夜鷹たちにいやがらせをしたようなんですよ。それで夜鷹側に用心棒がいまして、かなりの騒ぎに」

「怪我人は」

「出たみたいですが、それはやくざ者のほうだけみたいです」

「やくざ者が怪我をしたのか。だったら、放っておきゃいいんじゃないのか。あんな連中、いなくなってくれたほうが、世の中のためだろうが」

「いえ、そんなことおっしゃらないでください」

町役人が頭を下げる。

「ここはなかなかいいところでしてね、独り者が手軽に、その、えー」

「わかったよ、皆までいわなくてもいい。ここはこのあたりに住む者にとってなくてはならん場所だから、騒ぎなどは困る。できればきっちりと取り締まっていただき、二度と同じことが起きないようにお願いします、といったところだろう」

「さようでございます」

町役人が深々と腰を折る。

「ここには夜鷹が多く集まるのか」

「三十人ほどでしょうか」

「ええっ、そんなにか」

うしろで勇七が息をのむ音がした。文之介は、目の前の原っぱをあらためて眺めた。三十人からのむしろを抱えた女がたむろする光景というのは、壮観だろう。

「なんでそれだけ大勢の夜鷹がここに集まるんだ」

町役人が理由を説明した。

「へえ、元締がいるのか。まずはその弓五郎という男に会わなきゃならんな」

町役人に住みかをきくと、けっこう近くに住んでいるのが知れた。

「争いの理由は、縄張争いとかいったな。この縄張をかっぱらおうとしているやくざ者の名は」

眉を曇らせ、町役人がためらいの表情を見せた。

「いったら仕返しでもされるのか」

「いえ、そういうわけではないんですが。柿助さんといいます」

「住みかは」

「いえ、存じません」

前にずいと出て、勇七がにらみつける。相当怖い顔に映ったようで、町役人はあわてて手を振った。

「本当なんです。手前は知りません」

「よかろう。やられたのはその柿助一家の者なんだな。何人やられたんだ」

「ここに来た全員がのされたって話です。十名じゃきかないんじゃないかってことなんですが」

「弓五郎の用心棒は何人だ」

「それが、たった一人らしいんですよ」

「へえ、そいつはすごいな」

いくらやくざ相手といえども、十名以上を相手に一人で戦って、そのすべてをのすというのはかなりむずかしい。文之介はそれだけの遣い手に興を抱いた。

「よし勇七、さっそく行くか」

その前に一応原っぱを見てまわり、争いの跡を捜した。草に血がついているとか、別にそういうものは見つからなかった。

弓五郎の家は、横川沿いにあるかなり大きな家ということだけですぐに知れた。一際高い屋根が遠くから見えていたのだ。

庭側にまわり、枝折戸《しおりど》を入る。濡縁のある障子の前に立って勇七が訪《おとな》いを入れる。

「なんですかい」

障子がひらき、人相がいいとはいえない男が顔をだした。文之介の黒羽織を見てあわてて立ちあがり、縁側に出てきた。

「あの、なにか」

もみ手をし、文之介に向かってぺこりと頭を下げる。

「弓五郎さんはいるかい」

少し前に出て、勇七がきく。

「あの、親分にどんな御用で」

「それはこちらのお方が話す。はやく呼んでくんな」

少々お待ちを、と男はなかに入った。ていねいに障子を閉めてゆく。

さほど待つことなく再び障子があき、さっきよりさらに人相が悪い男が出てきた。

「あっしが弓五郎ですが、なにかご用ですかい」

文之介は勇七に代わって足を踏みだし、原っぱでのできごとを語った。

「ああ、あれですかい。ええ、確かに騒ぎがあったようですね」

「他人事《ひとごと》みたいないい方だな」

「いえ、そうは申しませんが、わざわざお役人が出張られるようなことではないと存じますよ。金を払わずに逃げようとした客が、ほかの客にやられただけのことじゃないですか」

「おめえが雇ってる用心棒の仕業じゃねえのか」

「どうですかねえ」

「とぼけるのはよせ。そのための用心棒だろうが」

「へへ、すいません。——まあそうですが、やさしいお方ですからね、そんなことを果たしてしたのかどうか。それに、やられた客のほうだって別になにかいってきたっていうことではないんですよね。それなのになんでお役人まで見えて、大袈裟にするんです」

「大袈裟かどうかはこっちの決めることだ。その用心棒はいるのか。いるんだったら会わせろ」

「こりゃまたずいぶんと気が短いお方ですねえ」

弓五郎はにやにや笑っている。

「いるんだろ。踏みこんだっていいんだぜ」

文之介は懐から十手を取りだし、弓五郎に見せつけた。

「まあまあそんなにお気を立てずに」

弓五郎が両の手のひらを広げ、文之介を押さえるような仕草をした。

そのとき妙な気配を感じたように文之介は思った。家の奥に目をやる。暗くてはっきりとはしないが、人けはないようだ。

今、誰かが見ていたような気がしたんだが。

「でも残念ながら、昨日のことでお払い箱にしたんですよ。目に余る乱暴者だったものですから」

「さっきはやさしい人といったが」

文之介は疑いの目を向けた。

「いえ、本性はとんでもない乱暴者ってえのがばれたってことってすよ。部屋をご覧になりますか」

うむ、とうなずいて文之介はあがりこんだ。案内された部屋は一階の隅の部屋で、ずいぶんと日当たりがよさそうだ。確かに誰もおらず、ろくに荷物もない。

「行く先は」

「さあ」

「雇い入れたのはいつだ」

「ほんの七日前ですよ」

「雇い入れは口入屋を介してか」

「いえ、そこに貼り紙をしといたら、やってきました。剣の腕はほんとすごかったですけれど、あそこまで乱暴とは思わなかったですねえ」

「貼り紙か、苦しいいわけだな」

「いえ、いいわけだなんて」

「どこに貼っていた」

「ええ、そこの横川沿いの塀に」

「なんて書いた。用心棒求む、か」

文之介は鼻で笑った。

「まさかそんな書き方できねえよな。困っているのをまわりに知らしめるも同様だ。でも柿助一家のこともあって、腕利きの用心棒が喉《のど》から手が出るほどほしいのは事実だ。そういう場合、やはり本業のところへ話を持ちこむのが筋だな。本当は口入屋だろ」

「いえ、貼り紙です」

「あくまでもいい張るつもりか。口入屋をしゃべっちまったら、用心棒の素性《すじよう》がわかっちまうんだな。――ふむ、ま、よかろう。ここはきかねえでおいてやるよ。それにおめえが頼んでる口入屋がどこかなんて、調べりゃすぐにわかるこった」

「旦那、いいんですかい」

勇七がうしろからいう。

「かまわんよ。こいつもさっきいったが、誰かの訴えがあったわけじゃないしな。やくざ者同士の騒ぎがあっただけの話さ」

文之介は弓五郎に向き直った。

「おい、柿助一家の家はどこだ」

へい、と答えて弓五郎が教える。

場所を胸に刻みこんでから、文之介はさらにただした。

「おい、ここでも春をひさいでいるのか」

「とんでもない。そんなことをしたら、お役人に引っぱられちまうじゃないですか」

「春をひさぐのが罪だってことは知ってるようだな」

「当たり前ですよ。ここでもしやったら、所払《ところばらい》になっちまいますよ」

「だから、あんな寒い原っぱでやらせているのか」

「あの女たちがあそこでなにをしているかなんて、あっしは知りませんよ。ここに集まって、勝手に行くだけなんですから」

五

あいつがあらわれるなんて。

寒風に吹かれつつ源四郎はさすがに驚いた。

弓五郎がときを稼いでくれたおかげで、二人のやりとりをきいていた源四郎は裏からこっそり抜け出ることができた。

町方同心があらわれるなど、少しやりすぎたか、と思った。しかし用心棒としてあの男たちに灸を据えるのは当たり前だろう。やつらだって女を張ったり、足蹴にしていたのだ。

しかし、と思いだして源四郎は笑った。

あの柿助の顔。まさかお楽しみの最中、弓五郎の用心棒が乗りこんでくるとは夢にも思っていなかったようだ。子分どもを働きに行かせ、やつは女と同衾《どうきん》していたのである。

案内させせた男を庭で気絶させると、源四郎はそっとなかに入った。

女の甘ったるい声が奥からきこえてきて、柿助がどこにいるかすぐに知れた。案の定ほとんどの者が出払っていて、家には人けがなかった。

奥に通ずる一室で、三人の子分が所在なげに火鉢に当たっていた。女の声がするほうをうらやましげに見たりしていた。

源四郎は暗がりを選んで近づき、あっという間に叩きのめした。三人は声もださずに畳に横たわった。

源四郎は声のしている襖をあけ放ち、隅の行灯にぼんやりと照らされた夜具の盛りあがりのかたわらに立った。

「おい」

柿助と思える男の背中に声をかけた。

ぎくりとして男が動きをぴたりととめ、振り向いた。そのとき源四郎の影が壁に大きく映り、物の怪《け》にでも見えたらしい。男は大口をあけ、うぎゃあ、と叫んだのだ。

「おい、俺が誰だかわかるか」

源四郎が脇差を突きつけると、柿助はむしろ落ち着きを取り戻し、獰猛《どうもう》そうな目をした。

「何者でえ」

「弓五郎のところの用心棒さ。あんたが柿助か」

男は答えなかった。

源四郎は女を見た。鋭い眼差しに射《い》すくめられたように女は動かない。やがて、その通りですというようにがくがくとうなずいた。

仕方ねえな。つぶやいて柿助が口をひらいた。

「ああ、俺が柿助だ。弓五郎の用心棒がなんの用だ」

「二度と弓五郎の縄張に手だしはしないという証文がほしい」

「なに寝言をいってるんだ」

源四郎は無造作に脇差を動かした。

いてえ。柿助が左耳を押さえた。血がぽたぽたと指のあいだを抜け、夜具の上にしたたり落ちる。

「書け」

「野郎っ、ただじゃすまさねえぞ」

柿助の目に憎悪の色が浮かんだが、源四郎は意に介さず、また右手を振った。

うぎゃあ。柿助は耳を押さえていた手を今度は押さえた。手の甲を切られ、そこからも血がにじみだしはじめている。

「次はどこだ。目がいいか、それとも足か」

柿助の瞳におびえが走った。

「てめえ、本気だな」

「当たり前だ。その気じゃなかったら、ここまでわざわざ来るか」

柿助はあきらめたように息をついた。

「わかったよ、書けばいいんだろ」

「最初からそうすればいいんだ」

証文を手に源四郎は弓五郎の家へ戻った。

弓五郎は喜んだが、さすがにやりすぎたのでは、という危惧《きぐ》を持ったようだ。

「大丈夫ですかい。あの柿助って野郎は、蛇《へび》より執念深いって評判ですよ」

「もし仕返しをしてきたら今度は殺す、と脅してきた。あのおびえようは本物だろう。大丈夫だよ」

一段と強くなった風がまともに顔に当たり、その痛みで源四郎の思いは断ち切られた。

今どこに足が向いているのか、わからなくなっている。

立ちどまり、まわりを見渡した。

見覚えがある。いや、それどころではない。子供の頃からなじんだ風景だ。

知らず、道場の近くに来ていたのだ。あたりに知り合いの姿がないか十分に注意しつつ、道場に近づいていく。

やがて建物が見えてきた。懐かしさで心が一杯になる。

まだ昼前でそんなに稽古に来ている者はいないかと思ったが、耳に届く気合や竹刀の響きはかなりのものだ。

盛況さに変わりはないようだ。源四郎は少し安心した。

ここまで来たら正助の顔を見たかったが、そうそうこの場に長居はできなかった。道場の者に未練がましく戻ってきたか、と見とがめられるのがいやだった。

せめて一目正助の顔を、という思いを振りきるようにして源四郎は早足に道を戻りはじめた。

どこへ行くか、それはもう考えなかった。勝手に足の向く方向へ歩いてゆく。

着いたのは子供の頃、よく遊んだ稲荷《いなり》だった。そういえば、長じてからはほとんど来ていなかった。

赤い鳥居の先に、ほんの五間ほどの長さの石畳が続いているだけのちっぽけな稲荷だ。人けはまったくない。

源四郎は足を踏み入れ、稲荷を拝んでから、境内《けいだい》の途切れるところにある木塀の切れ目に体を差し入れるようにした。

さらにその先にある木々の茂みを抜けると、明るい陽射しに包まれた。あまり風も吹きこんできておらず、ずいぶんとあたたかに感じられた。

子供の頃からよく来ていた原っぱで、杉の木が一本だけ立っている。ここでは一人、剣術の稽古をしたものだ。あまり知られていないようで、昔からほとんど人を見かけない。今は手習の最中なのか近所の子供たちの姿もなかった。

よし、これならいいな。

源四郎は刀をすらりと抜いた。すぐさま上段に持ちあげ、ぶんと振りおろす。体を爽快《そうかい》な光が駆け抜けていった。あまりの気持ちよさに嘆声が出る。

さらに刀を振り続けた。振るたびに気持ちよさは増してゆき、源四郎は刀は自らの五体そのものだというのを実感した。

風が杉の大木を騒がせ、草をなびかせて通りすぎていった。その冷たさに源四郎は身震いした。

だいぶ汗をかいている。太陽は中天をだいぶすぎた位置にあった。

源四郎は苦笑した。気がつかないうちに一刻以上、刀を振っていたようだ。

よし、これを最後にするか。

源四郎は刀を正眼《せいがん》に構え直した。それから半身になり、腕をゆっくりと下げてゆく。垂れた刀尖が地面に触れる。その姿勢のまま息をとめ、身動き一つしない。

息を静かに吐き、刀を肩の高さまで持ちあげた。気合とともに振りおろし、一気に地面を叩く。

ずん、と手応えが伝わる。悪くはないが、これでは足りない。またも刀で地面を叩く。

それを三度、四度と続けた。

五度目に最高の手応えを得た。三間四方の土が上下し、草が激しく揺れた。

これならいい。

満足して源四郎は懐紙を取りだし、ていねいに刀身をぬぐった。あとで手入れをしてやらねば。

伊太夫がなつかしかった。この剣は、源四郎が自ら会得《えとく》したものだ。ただ、その示唆を与えてくれたのは伯父だった。

ある日、道場で伯父と打ち合っているとき、源四郎は強烈な面をうしろに下がることでかわしたのだが、そのとき伊太夫が床の汗で足を滑らせた。竹刀はその勢いのまま痛烈に床を打ち、その震えが足に伝わってきて、源四郎はわずかによろけた。

そのとき、もしやつかえるのでは、と天意のようにさとった。そして、この原っぱで自分なりに工夫を加え、ついに完成に至ったのである。

刀を鞘にしまいかけて、手をとめた。ふと御牧丈右衛門のことが心に戻ってきた。

やつのことを思っただけで殺気が全身に満ちた。

遠吠えをする狼《おおかみ》のように叫び声をあげたい気分だ。

うしろで、がさっと音がした。源四郎は刀に手を置き、体をさっとまわした。

おびえた顔をした子供が三人立っていた。

源四郎はふっと息をつき、子供たちの横を通って原っぱをあとにした。

六

丈右衛門は徳利を持ち、酒を注いだ。

「ああ、こりゃすいませんねえ」

石工をやっているという光造《こうぞう》がうれしそうに湯飲みで受ける。

「いやあ、風邪気味ってんではやく帰ってきてよかったなあ」

「おめえ、風邪なんてひいたことねえだろ。どうせ仮病だろ」

光造に向かって紀助《きすけ》が嚙みつく。

「風邪は何度もひいてるよ。最後は八年くらい前かな」

「そりゃうらやましい頑丈さだな」

「そういうおめえだって、ここ十年くれえひいてねえじゃねえか」

「そうだったかな」

「とぼけるんじゃねえよ」

まあまあ、と丈右衛門はなだめた。

「楽しく飲もうじゃないか。せっかくの酒だ」

「旦那のいう通りだ。なにしろ昼間の酒ほどうめえものはないからねえ。加えて旦那のおごりっていうんじゃ、こたえられねえや」

光造がちらりと目を転ずる。

「お知佳さんも元気になってよかったな」

「皆さんのおかげです」

お知佳が頭を下げる。そのうしろでお勢が寝ている。すやすやと寝息を立てて、大人たちの声などまったく届いていない。

「さあ、どうぞ召しあがってください」

お知佳が心をこめてつくった煮物や焼き魚、漬物などがずらりとだされた。

「こりゃすごいねえ」

女房の一人が感嘆し、目を丸くする。

「これ全部、お知佳さんがつくったの。いったいどこで覚えたの」

お知佳が黙りこんだ。

「ああ、すまないね。まだ触れちゃいけないことだった」

お知佳の店《たな》に、この長屋の者たちが入りこんでいる。せまい店は人いきれで暑いくらいだ。いつもお知佳が世話になっているということで、昼間で悪いが、と一応は断っておいて、丈右衛門が招いたのだ。

「ねえ旦那、息子さんが手柄をあげたんでしょ」

いつもお勢に乳をあげている女房の一人がきいてきた。

「どうして知っているんだ」

「そのくらいの噂、こんな貧乏長屋でも入ってきます。見損なわないでくださいよ」

「悪かったな。うん、娘を二人殺した下手人をとらえたんだ」

「どうやってとらえたんです」

丈右衛門はどういうことだったのか、ていねいに説明した。

「なんだ、その咳《せ》きこむ男ってえ手がかりを見つけだしたのは旦那じゃないですか。そのあたりはやはり我が子かわいさですか」

「まあな」

「でも、そこから下手人をお縄にかけるまで行くなんて、やっぱり旦那の息子さんだけあって並みじゃないわねえ」

「そりゃそうだろうよ」

紀助がうなずき、顔を向けてきた。

「息子さん、子供の頃はどんなだったんですかい。いやね、あっしにもまだちっちゃい子供がいるもんでね、是非とも見習わせたいと思いまして」

「いや、別にいうほどの子供でもなかったぞ。泣き虫でな」

「でもいろいろと教えこんだんでしょ」

「全然さ。わしは教えらしい教えなんてなに一つしてやれなかった。そのあたり、逆に悔いがあるくらいだ」

「へえ、そうなんですかい。となると、親があまり口だししねえほうがいいってことになるのかな」

「それはどうかかな。少なくとも善悪の境ははっきり教えたほうがいいな。もし子供が悪いことをしたら、それは思いきり叩いてでも叱《しか》るべきだし、子供がいいことをしたら思いきりほめてやる、というのも大事だな。つまりは、めりはりだろう」

「旦那もそうやって息子さんを育てられたんですか」

「いや、わしはさっきも申した通り、なにもしておらんのだ。せがれのことはほとんど妻にまかせきりだった」

「仕事一筋だったんですね」

「そういうと格好よくきこえるが、せがれを育てるのに自信がなかったにすぎんな。わしみたいになったらどうする、という気持ちが強かった」

「旦那みたいになったらすごくいいじゃないですか」

女房の一人が熱い眼差しを向けてくる。

「息子さん、二十二っていいましたっけ、あたしがあと二十ばかり若けりゃ、お嫁さんにしてほしいくらいですよ」

「向こうが断るよ」

光造がきっぱりと首を横に振ってみせた。

「そんなのわからないじゃない」

「わかるよ、ねえ旦那」

光造がうなずきかけてくる。

「せがれの気持ちはわからんが、けっこう面食いなのは確かだな」

「まあ、ひどい」

「ひどいのはおめえの面だよ」

「あんた、人の女房つかまえて、なんてことというのよ」

「常吉《つねきち》の野郎だって、女房の面相にはいつも泣いてるぜ」

「でも女房がいるだけいいじゃない」

横から別の女房が口を出した。

「あんた、そんなんだからいつまでたっても来手がないのよ」

「うるせえ、俺はまだまだ遊びてえからもらわねえだけなんだよ」

まあまあ、と丈右衛門はまたあいだに入った。

「飲んでくれ」

二人の湯飲みを酒で満たした。光造がぐいっとあおる。はあ、うめえ。

丈右衛門も飲んだ。久しぶりに昼間に酒を飲んだこともあって、酔いがかなりはやくまわった感じがする。ほどほどにしておいたほうがいいぞ、と頭のなかの誰かがささやきかけてくる。帰りがたいへんだぞ。

丈右衛門はしゃっきりした。そうなのだ、あの男のこともある。酔っ払っては帰れない。

丈右衛門は長屋の連中に気づかれないように水を飲みはじめた。

「ねえ、旦那は今お一人なんですよね」

顔を真っ赤にした頼吉《よりきち》という男がきく。

「うむ、そうだ」

「だったら、お知佳さんをもらったらどうです」

「馬鹿をいうな」

「でも、二人ならお似合いだと思うんだけどなあ」

「わしをいくつだと思っているんだ。歳がちがいすぎるだろうが」

「歳さえ合えばいいってことですか」

「ふむ、わしがあと二十若かったら、本気で考えるな」

ちらりとお知佳を見た。お知佳はただほほえんでいるだけだ。

「へえ、いいますねえ」

「しかし、わしの心配なんかより、自分の心配をしたらどうだ。おまえさんだって、まだ独り身だろう」

「いえ、あっしは誰も相手にしてくれないから駄目ですよ。もうあきらめました」

「そんなことはないさ。長屋の者たちだって、頼めば話を持ってきてくれるぞ」

しかし頼吉はきいていなかった。こくりこくりと船を漕《こ》いでいる。

やがて酒も尽き、肴《さかな》もなくなって宴はおひらきになった。ごちそうさまでした。ありがとうね、お知佳さん、などといって長屋の者たちが引きあげてゆく。

丈右衛門はみんなと一緒に路地に出た。空を見る。

太陽はかなり傾いて日暮れまであと半刻もないだろうが、それでも今帰れば提灯がいらないうちに屋敷にたどりつけそうだ。

「よし、わしも帰るとするかな」

「えっ、もうですか」

一緒に出てきたお知佳がすがるように見る。

「そんな目をせんでくれ。今日のところは帰るよ。また来る」

「あの、丈右衛門さま」

「なんだい」

近づいてきて、そっと耳元に語りかけた。

「うれしかったです」

「えっ」

しかしすぐにお知佳は離れ、辞儀をした。照れたように店に戻ってゆく。

丈右衛門はこみあげるものを抑えるのに、かなり力がいった。

ふう、と息をつき、路地を歩きだす。木戸を出たところで振り向き、お知佳の店を見る。駆け戻って抱き締めたい気持ちに駆られたが、なんとか押し殺した。

こりゃ本気で惚《ほ》れたかな。

丈右衛門は首を一つ振り、再び歩きはじめた。

ふと、眼差しを感じたように思った。やつか、と一瞬緊張しかけたが、その目は穏やかでやわらかなものだった。

丈右衛門は足をとめ、暮れかけて青さを徐々に失いつつある空を見あげた。

佐和、おまえか。

空は静かに雲が動いてゆくのみで答えは返ってこなかったが、どうやら怒ってはいないようだな、と丈右衛門は思った。

ふっと小さく笑みを漏らし、再び歩を進めだした。

七

文之介はぱちりと目をひらいた。見慣れた天井が目に入る。

障子に目をやる。もうだいぶ明るい。

文之介は上体を起こし、ふわあああ、と伸びをした。

今日は待ちに待った非番だ。なにをするか。まずは腹ごしらえだ。

台所に行き、父が炊いたらしい飯を食った。おかずは漬物しかなかった。味噌汁《みそしる》はない。さすがに父も自らの下手《へた》くそさにあきれ、味噌汁づくりはやめたようだ。

なにかねえかな、と文之介は捜したが、おかずになるような物は見つからなかった。ま、仕方ねえか。飯を茶碗《ちゃわん》に盛り、たくあんをぼりぼりやりつつ食った。それなりにうまかった。

湯をわかし、茶を喫した。

そうしているうちに、昨日のことをぼんやりと思いだした。

弓五郎の宿をあとにして、文之介は勇七とともに柿助のところへ行ったのだ。

柿助はいかにもやくざの親分らしい獰猛な顔をしている男だったが、それにさらに凄《すご》みを与えていたのが左耳の晒《さら》しだった。右の手にも同じように晒しが巻かれていた。

「どうしたい、その傷」

「なんでもありませんよ。ちょっとぶつけちまっただけです」

「切り傷なんじゃねえのか」

「ちがいますよ」

そのあと、昨夜の原っぱでのできごとをただした。

「確かにうちの若え者がやられたみてえですが、大ごとにする気はありませんよ」

「おい、柿助。その傷、弓五郎の用心棒にやられたんじゃねえのか」

その途端、柿助は唇を嚙み締め、今にも飛びかかりそうな目でにらみつけてきた。はあはあと息を荒く吐いていたが、やがて気持ちを静めたらしく、平静な顔色に戻った。

「いえ、そんなことはありませんよ。どうか、お引き取りを」

丁重にいわれ、文之介は帰ってきたのだが、瞳に宿っていたあの残忍そうな光からして、弓五郎の用心棒にやられたのはまずまちがいなく、復讐《ふくしゅう》する気が満々なのが見て取れた。

制したところでやめるはずもないし、文之介は、もう勝手にやってくれ、というあきらめの気分になっている。

その後、南本所元町に赴き、掏摸のことを調べてみたが、あのあたりを隠れ家に掏摸の子供たちがひそんでいる、との確証はつかめなかった。そういう噂《うわさ》もなく、自身番につめる町役人たちもただ首を振るばかりだった。

茶碗と湯飲みを洗って、棚にしまった。井戸で洗顔し、歯を磨いてから自分の部屋に戻る。

夜具をたたみ、隅に寄せる。夜具に寄りかかるようにして体を預けた。

それにしても、父はどこへ出かけたのだろうか。

現役の頃からあまり屋敷にいなかったが、隠居してからはさらに外に出ることが多くなった。

しかも最近はどうも動きが妙だ。本当に女がいるのではないか。

まだ五つ半といったくらいの見当だろうが、おそらくもっと前に屋敷を出たはずだ。いったいどこへ行ったのか。

三増屋というのは十分に考えられたが、文之介の勘はちがう、といっている。やはり女のところだ。

まあ、いいや。父上だって男だ。外でなにをしようとかまわない。

いや、待てよ。

文之介はがばっと起きあがった。

女のところに、もし隠し子がいたりしたら。父だって母を失って十年もたつ。その間、好きな女が一人もいなかったというのはいかにも考えにくい。

今度暇を見つけて、つけてみるか。

文之介はそう心に決めた。

稽古着と竹刀を担いで坂崎《さかざき》道場に出かけた。

まだときがはやいせいか、道場はあまり人がいなかった。

「おう、文之介、よく来たな」

師範代の高田熊之丞《たかだくまのじよう》が声をかけてきた。

「今日は非番か」

「そうです。たっぷりとやれますよ」

「なんだ、ずいぶんと余裕のある顔ではないか」

「まあ、いろいろとありましたから」

「ああ、そうだ。文之介、きいたぞ。手柄を立てたらしいな。例の娘を二人殺した下手人をとらえたんだろう。すごいじゃないか」

「いや、たいしたことはありませんよ。それに、それがしではなく中間の手柄です」

「ふーん、謙遜《けんそん》するではないか」

熊之丞が竹刀をぶんと振る。

「よし、さっそく着替えてこい。久しぶりに俺とやろう」

納戸で稽古着をまとい、防具を着けた文之介は、道場の中央で熊之丞と向き合った。

熊之丞がいきなり面を狙ってきた。文之介は弾き、胴に打ちこもうとした。熊之丞はうしろに下がることでよけ、間合を取った。

文之介はかまわず足を進ませ、小手を打ちつつ、さらに逆胴に竹刀を持っていった。むっ、とその足さばきに戸惑ったような顔で熊之丞が竹刀を打ち払う。文之介は面を浴びせ、胴を繰りだした。

熊之丞は防戦一方になった。それでもさすがに師範代で、文之介には一本も入れさせなかった。

熊之丞は文之介の疲れをついて攻勢に出てきたが、文之介の防御は完璧《かんぺき》といえるもので、熊之丞には浅い打ちこみすら許さなかった。

その後、どちらも負けたくないという意地だけで打ち合っていたが、結局、いつの間にか稽古を見守っていた師範の坂崎岩右衛門《いわえもん》が、そこまでにしておけ、といった。

熊之丞と挨拶《あいさつ》をかわした文之介は壁際に座り、面を取った。息も絶え絶えで、このまま床の上に横たわりたかった。動悸《どうき》もなかなか静まらない。心の臓に誰かがいて、途切れることなく拳を叩きつけているかのようだ。

横から熊之丞の息づかいがきこえてくる。ぜえぜえと今にも床に手をつきそうなあえぎようだ。

「文之介、おまえいったいどうしたんだ」

顔をゆがめ、熊之丞が大きく息をつく。

「なんか別人だぞ。なにがあった」

文之介はにやっと笑った。

「秘密です」

「おい、文之介」

目の前に岩右衛門が立っていた。

「おまえ、実戦を経験したな」

文之介は黙って頭を下げた。道場主の目をごまかすことはできない。

「よほどできる相手と見た」

岩右衛門が興味深げにのぞきこんでくる。

「どういう相手だ」

「いえ、その……」

「そうか、わしにもいえんか」

腕組みをした岩右衛門が苦笑した。

「いえ、そういうわけではありません。あの、一つおききしたいのですが」

「なんだ」

文之介は、源四郎が遣った剣についてたずねた。

「土を叩いて足元を揺れさせる。いや、そのような剣は、一度たりとも耳にしたことはないな」

岩右衛門がじっと見る。

「それが実戦の相手か」

岩右衛門を見上げて文之介はうなずいた。

「またやり合うかもしれんのか」

「十分に考えられます。いえ、まずまちがいなくそういうことになるものと」

むう、とうなって道場主が眉をひそめた。

「そいつは厄介《やっかい》な剣だな」

「打ち破る策はありましょうか」

「剣というのは型だからな。それを崩されるとなると……」

むずかしい顔になった。

「文之介、申しわけないが、わしはなにもしてやれぬ。なんとかしてやりたいが、そういう邪道としかいいようのない剣にわしは対処のしようがない。許せ」

すまなそうに岩右衛門が頭を下げる。

「いえ、そんな謝られるようなことでは」

むしろ、率直に口にした道場主に文之介はさらなる好感を抱いた。

岩右衛門は道場の外へ出ていった。

「なんだ、やはり実戦だったのか。しかしそんな剣を遣う者とやり合うなど……」

熊之丞が危ぶむ顔で見ている。

「大丈夫なのか、文之介。師匠でも対処できん剣の遣い手を倒せるのか」

「そのあたり、自分を当てにしているところがあるのですが」

「どういうことだ」

「以前、師匠は、それがしの腕が伸びるとしたら実戦とおっしゃいました。あの剣とまたやり合うことで、打ち破れるなにかを得られるのでは、と思えるのですよ」

「なるほど。それにおまえの剣は型にはまってないからな。そういう邪道にはむしろ合っているかもしれん」

身じろぎし、熊之丞が見つめてくる。

「だが文之介、どういうことだ。どうしてそんなやつとやり合わなければならなくなった。そいつはなにをやらかしたんだ」

「そのあたり、今は勘弁してください。いずれ話せるときがきたら、話しますから」

井戸で汗を流し、文之介は道場をあとにした。久しぶりに思いきり竹刀を振り、その上、熊之丞と互角に対することができて、気分は爽快だった。

それにしても、あの浪人が腕をあげさせたのか。文之介は複雑だった。

組屋敷に帰ると、門のところでちょうど帰ってきた父と鉢合わせをした。

「お出かけだったんですね」

丈右衛門に先に入るように仕草で勧めて、文之介はきいた。

「ああ、ちょっと小遣い稼ぎにな」

「えっ。ああ、三増屋で将棋ですか。でも、父上では藤蔵に勝てんでしょう」

式台のところで丈右衛門が振り向く。

「馬鹿をいうな。このところ藤蔵には勝ち続けておる」

「藤蔵は上手ですからね」

丈右衛門がにっと笑った。

「そうだ、文之介、一局やるか。もちろん金を賭《か》けてだぞ」

「いえ、けっこうです」

「まだ忘れておらんようだな」

「当たり前です。財布の中身をすべて巻きあげられた屈辱は、今もくっきりと心のうちに残っていますよ」

「雪辱しようとは思わんのか」

「どうせ返り討ちです」

「ふむ、おのれをよく知っているな。よいことだ」

丈右衛門は自分の部屋に入り、しばらくごそごそやっているようだった。

刻限は昼をまわっていた。空腹を感じた文之介は台所におりて、飯を炊きはじめた。

玄関のほうで音がした。

行ってみると、丈右衛門が草履を履いていた。あれ、と文之介は思った。丈右衛門は着替えており、身なりをこぎれいなものに変えていたのだ。

「お出かけですか」

父親の背中に声をかけた。

「ああ」

「どちらへ」

「近くだ」

「帰りはおそくなりますか」

「いや」

「父上、あの浪人のことをお忘れになっているのではありませんよね」

丈右衛門が振り向いた。腰の脇差を軽く叩いてみせる。

「十分用心している。案ずるな」

「そういわれましても」

「おい文之介、飯のほうは大丈夫か。なんかにおうぞ」

あっ。文之介はあわてて駆けつけた。なんとか間に合い、飯は焦げてはいなかった。

かまどから釜《かま》をおろす。あっちち。

「こんにちは」

今度は濡縁のある庭のほうから女の声がした。あれは、と文之介は思い当たり、走った。

手をかけるのももどかしい思いで腰高障子をあける。

「やあ」

案の定、庭には笑みを浮かべたお春が立っていた。

「俺が非番だってわかってて、来てくれたのか」

「なにいってるの。おじさまに会いに来たのよ」

文之介は落胆したが、その気持ちをださずに問うた。

「でも父上には会ったばかりだろ」

「ううん、今日はまだ会ってないわよ」

「あれ、そうか。お春のところに行ったんじゃなかったのか」

「どうしたの」

きかれて文之介は説明した。

「小遣い稼ぎ……ううん、だって今日、おとっつあん、朝から商談かなにかで出かけているもの」

お春がじっと見る。

「今おじさまはいらっしゃるの」

「いや、さっき出かけた」

「どこへ」

「わからん」

文之介は縁側に腰をおろした。

「お春も座れよ」

お春はちょっと離れたところに座った。それが少し寂しかったが、文之介はなにもいわずにおいた。

「そういえば、おじさま、最近おかしいんじゃないかしら。どこかよそに女でもいるんじゃや……」

深刻そうな顔でいう。

「最近はお尻もなでないし」

「じゃあ俺が」

文之介は手を伸ばした。

「なにするのよ」

いきなりひっぱたかれた。

「いてえ。ちょっと待て、お春。手は届いてねえぞ」

「届こうと届くまいと、変なことするあなたが悪いのよ」

「なんだよ、それじゃ殴られ損じゃねえか」

お春が背を伸ばし、文之介をきっと見た。

「ずいぶん怖い顔、するな」

「とにかく、おじさまに女がいるかどうか突きとめてほしいのよ」

やや湿り気を帯びた瞳に見つめられ、文之介はどぎまぎした。

「ねえ、おじさまが出かけた先は、女のところなの」

「十分に考えられる」

お春が勢いよく庭におりた。

「ちょっとなにをのんびりしてんのよ」

「なんだ」

「さっさと追いかけなさいよ」

「えっ、今からか」

「当たり前でしょ」

「でもどこに行ったかわからないんだぜ」

「定町廻り同心でしょ。捜しなさいよ」

わかったよ。文之介はお春と一緒に外に出た。木戸のところでお春が口をひらく。

「いい、わかったらすぐに教えるのよ」

「そうするよ」

文之介はしみじみとお春を見た。

「しかし、こんなのじゃ先が思いやられるな」

「なにいってるの」

「一緒になったら、俺は尻に敷かれるな」

「誰が一緒になるのよ。とっとと捜しに行きなさい」

へいへい。文之介は小走りに走りだした。

しっかし、父上を捜すっていうけど、そんなにたやすく見つかるものかな。

とりあえず父が向かったと思える方角を目指した。

走りつつ、空腹なのに気づいた。そうだった。せっかく飯を炊いたのに、食い損ねた。

急に体から力が抜けてきた。走るのはやめ、足早に歩きはじめる。

せっかくの非番なのに、なんでこんなことやらなきゃいけねえんだ。

でも、お春も気が強いよなあ。町娘に顎でつかわれる町方同心ってのはどうなのかね。

どこへ行くでもなく、適当に捜しまわったふりをして文之介は帰るつもりだった。

どこからかいい香りがしている。団子を焼いているのだ。冬の冷たい風に乗って、砂糖醬油が焦げる香ばしいにおいが食い気をそそる。唾がわいた。

どこだ。文之介は立ちどまって、香りの元を見つけようとした。

あれ。目に飛びこんできたのは、およそ半町ほど離れたところにある団子屋の前に立つ父のうしろ姿だった。

代を払い、団子の包みを手にして歩きだす。

なんだい、見つけちまったか。

ちょっと拍子抜けする思いだった。

しかし、これでお春に胸を張って報告できるというものだ。

父上に女がいるのがわかりゃ、いくらお春でもあきらめるだろう。そうなりゃ……。

にんまりした。どこかの女房が、文之介を見て眉をひそめつつ通りすぎていった。

文之介はあわてて顔を引き締め、ついでに舌打ちした。ちっ、団子まで食い損ねるのかよ。

父は悠々とした足取りで歩いているように見えるが、あれで足はかなりはやい。

湊橋《みなとばし》を渡り、北新堀町《きたしんぼりちょう》に入った。

このまままっすぐ行けば、永代橋《えいたいばし》だ。

父は永代橋を渡りはじめた。文之介は十間ほどの距離をあけてついてゆく。ただ、さすがに行きかう人が多く、少し間をつめなければ見失いそうだった。

長さ百二十間あまりといわれる永代橋の上は寒かった。風が容赦なく吹きつけてきて、着物の裾をめくりあげようとする。

大川《おおかわ》の水面《みなも》は波立ち、南に目を向けると、霊岸島《れいがんじま》あたりで白いしぶきがあがっていた。

ふだんは景色を眺めながら、ゆっくりと歩きたくなる橋だが、今日は走って渡りたい気分だ。

しかし、父はそんな文之介の気持ちなどお構いなしにゆったりと歩いている。まるで寒さなど感じていないようだ。

確かに父は昔から暑さ、寒さに強い。どちらに対しても弱音を吐いたことがないのだ。両方に弱い文之介にとって、信じられない強靭《きょうじん》さである。

永代橋を渡り、深川佐賀町に入った父は道を左に取り、大川沿いを北に向かってゆく。

橋の上にくらべたら少ないが、それでも行商人、商家の者、供を連れた侍など行きかう人は少なくない。

米俵を満載した大八車が道のまんなかをやってくる。文之介はよけつつも父から目を離さなかった。

大八車の陰に父の姿が隠れた。次の瞬間、父は消えていた。

あれ、文之介はあわてて駆けた。

父はどこにもいなかった。大八車があげていったもうもうたる土煙とともに、宙にでも消えた感じだった。

くそっ。文之介は地面を蹴りつけた。そのつもりだったが、土に埋まっている石を蹴っていた。

いててて。顔をしかめて文之介はしゃがみこんだ。

八

まったく甘いやつだな。

丈右衛門は振り向き、文之介のほうをこっそりと見た。眉をひそめる。

なにをやってるんだ、あいつ。

文之介はうずくまり、痛そうに足を抱えているのだ。それから立ちあがり、あたりを行きかう者たちの目から逃れるように、足を引きずりつつ歩きだした。どうやら屋敷に帰ろうとしているようだ。

それにしても下手な尾行だ。一度鍛えてやらんといかんな。

丈右衛門は急ぎ足でお知佳の長屋へ向かった。顔を見たくてたまらない。とにかく会いたくてならないのだ。

まだ日は高い。八つ半くらいか。お知佳はなにをしているのだろう。

丈右衛門は長屋の木戸をくぐり、路地を進んだ。路地には静けさが立ちこめており、誰もいなかった。珍しいことだ。この刻限なら、ふだんは女房たちが顔を寄せて世間話をしているはずなのだ。

とにかく、今の紅潮しているはずの顔を見られないのはありがたかった。

丈右衛門はお知佳の店の前に立った。とんとんとひそやかに障子戸を叩く。

返事がない。もう一度叩く。やはり同じだ。

どうしたのだろうか。いやな気分が黒雲となって心に広がってゆく。

木戸のほうに人の気配がした。見ると、お知佳が入ってきたところだった。大根を二本、手にしている。

「あっ、丈右衛門さま」

笑顔を見せて、駆け寄ってくる。

「失礼しました。せっかく来てくださったのに、お待たせしてしまって」

「それを買いに出ていたのか」

「ええ、炊こうと思って表の八百屋さんまで」

すぐに障子戸をあけた。

「どうぞ、お入りください」

丈右衛門は先に足を踏み入れた。

相変わらずよく片づいており、とても気持ちのいい部屋だ。端のほうでお勢が寝ている。今日も気持ちよさそうに寝息を立ててぐっすりだ。

「みやげだ。食べてくれ」

丈右衛門はあぐらをかくや、畳に置いた。ありがとうございます、とお知佳が受ける。

「お団子ですね」

「よくわかるな。好物か」

「ええ、近所においしいお団子屋さんがあって、よく買いに行ったものです」

はっとして丈右衛門はお知佳を見つめた。

お知佳が口を閉じる。歯を見せ、にっこりと笑った。

「ええ、そのお団子屋さんがあったのは嫁ぎ先の近所ですよ」

丈右衛門は団子の包みをひらいた。

「さっそく食べるか。お知佳さん、茶をいれてくれんか」

「はい、ただ今」

お知佳が、火鉢に埋めておいた炭をかきだしている。新たな炭が入れられた火鉢の上に置かれた鉄瓶《てつびん》から、やがて湯気があがりはじめた。

急須《きゅうす》に湯が入れられる。しばらく待って、お知佳が湯飲みに茶を注いだ。

お待たせしました、どうぞ、と丈右衛門の前に置く。しばらく手をださずに、丈右衛門はじっと見守った。

その様子を見てお知佳がくすりと笑う。

「猫舌でしたね。でも、丈右衛門さまが猫舌というのはどこかそぐわない気がしてなりません」

「わしもそう思うが、これぱっかりは生まれつきでしょうがないな」

丈右衛門は障子戸の外をうかがった。

「しかし今日は静かだな。なにかあったのか」

「いえ、別に。今、皆さんでおしまさんのところに集まってお茶を飲んでいます。外は寒いですからね。私もお呼ばれしていたんですが、お勢が気になって……」

「そういうことか」

どれいただくか、と丈右衛門は団子を手にした。うまい。久方ぶりに買った店だが、味は落ちていない。ややかためと思える歯応えのある団子に甘い蜜《みつ》がかかって、そのあとに茶を飲むと、えもいわれぬうまさが口中に広がる。

「お知佳さんも食べなさい」

いただきます、とお知佳が一本を手に取り、口に運んだ。

「おいしいですね」

口元をほころばせる。

「こんなにおいしいお団子、久しぶりにいただきました」

少し瞳を潤ませているようだ。

一本を食べ終えて串を竹皮の端に置き、お知佳が居ずまいを正した。

「どうした」

「すべてお話ししますよ」

丈右衛門は目をみはった。

「いいのか。無理せんでいいぞ」

「いえ、もう無理なんかではありません。丈右衛門さまや長屋の人たちのご親切で、すっかり立ち直れましたから」

そうか、といって丈右衛門は茶を喫した。それに合わせるようにお知佳も湯飲みを握り、唇を湿した。

しばらく下を向き、気持ちを落ち着けている風情だった。

「私はある商家の嫁でした。その商家がどこかはまだご勘弁ください」

嫁いで四年、ようやくできた子供が女の子だった。

丈右衛門はちらりとお勢に目をやった。

「子供ができて、私はとても幸せな気分になりました。でもせっかく生まれた子供なのに、跡取でなかったことを姑《しゅうとめ》に責められ、私はその後もいじめられ続けました。一時は、そのせいで寝こむほどになってしまい……」

「旦那はどうしてたんだ」

「私のことなど、まるで気にしていませんでした。なにしろ若い妾《めかけ》に夢中でしたから。いえ、今もそうだと思います。とにかくその家にいるのがあまりにつらく……」

「それで死のうと思ったのか。実家は」

「帰ろうにも帰るところがないのです。私が嫁いで二年目の冬、火事で全員が死んでしまったものですから」

「それはすまんことをきいた」

「いえ、いいんです」

やや赤みを帯びた目で丈右衛門を見つめる。

「この家で暮らすよりもう死んだほうがまし、と思いつめ、お勢を連れて家を出ました。大川まで出て、そこで飛びこもうとしました。ただ、そのときめったに泣かないお勢が泣いて……。あやしたんですが、泣きやまないのでそのまま飛びこもうとしたんです」

「そこを救われたのか」

「はい。最初は助けられたのをうらんでいましたが、今では助けてもらってよかったと心から思っています。お勢が人を呼んでくれたのではないか、と」

きかなければよかったかな、と丈右衛門は思った。ということは、お知佳の旦那は今も捜しているかもしれない。いや、きっと手を尽くしているにちがいない。失う怖さがある。お知佳を誰の手にも渡したくなかった。

その思いを殺して、きいた。

「だったら、旦那はあわてているんじゃないのか」

「どうでしょうか。今頃は私の代わりに妾を入れているかもしれません」

「しかし、そうでなかったら」

お知佳はきっぱりと首を振った。

「あの人のところへは二度と戻りません。それに遺書を置いてきましたから、もう死んでいると思っているはずです。私が死んで、きっとせいせいしているでしょう」

お知佳がじっと見つめてくる。

「あの、一つ、おうかがいしてよろしいですか」

「なにかな」

お知佳が躊躇《ちゅうちょ》するように息を吸った。丈右衛門は黙って待った。

お知佳が覚悟を決めた顔つきになる。

「私だけでなく、丈右衛門さまもなにかあるのではないですか」

虚を衝《つ》かれた感じだ。

「どういうことかな」

「いえ、丈右衛門さまはときおり、どう申しましょうか、暗黒にどっぷりと浸りこんだような顔をお見せになることがあるのです」

「なに、まことか」

「はい。こちらにいらしているときも急にものをおっしゃらなくなって、どうしたのかと目をやると、すごく怖い顔をしてらっしゃって」

お知佳が少し体を近づけてきた。甘い香りが鼻を打つ。

「いったいなにがあったのです」

お知佳はあっという顔で言葉を切った。

「いえ、お話しになりたくなければけっこうです」

気づかなかったな、と丈右衛門は思った。そうか、そんな顔をしていたのか。

十六年も前のこととはいえ、やはりまだ払いのけることができないのだ。いや、むしろ重みを増してのしかかろうとしているのではないか。

「さすがにお知佳さんだ」

丈右衛門はできるだけ明るく声を発した。

「せがれや親しくしている娘ですら気づいていないというのに、そのあたりは苦労のちがいがあらわれているのかな」

かける。

「いえ、そんなことはありません」

「実はな」

さすがに丈右衛門は躊躇した。しかし、いってしまえ、ともう一人の自分がささやきかける。

いやもしかしたら、と丈右衛門は気づいた。お知佳が感じている暗黒というのは、あの若い浪人のことが頭に入りこんでいるときではないか。

丈右衛門は腹を決めた。

「わしがなにをいおうと驚かんでくれ。約束してくれるか」

「はい」

丈右衛門は息を深く吸いこみ、吐くと同時に言葉を口にした。

「実はわしは人を殺しているんだ」

お知佳は目を大きく見ひらいたが、約束を思いだしたか、表情を平静なものに戻した。

「それが、今も重く心に残っているのだろう」

「それはお役目で、ですよね」

「むろんそうだ。あれは――」

話しだそうとして、丈右衛門は口を閉ざした。

「まさか、あれではなかろうな」

あの一件が浪人と関係しているのか。

いや、と丈右衛門は心中で首を振った。実際には、そうではないか、ととっくに思い当たっていたのだ。

それを認めなかったのは、今も人を斬ったという思いが胸の奥底に鉛のようにわだかまっているからだ。

そうなのだ、と丈右衛門は思った。ただ単に、思いだしたくなかったにすぎない。

九

来やがったか。

寝っ転がりつつ源四郎は、宿のまわりを殺気に満ちた連中が囲んでいるのをさとった。

柿助一家だろう。気にはなるが、たいした者たちではない。この前みたいに蹴散らしてやればいい。

「源四郎の旦那、いらっしゃいますか」

襖の向こうから声がかかった。弓五郎の手下の一人だ。

「おう、いるぞ」

源四郎は起きあがった。

「お客です」

「誰だ」

「岩間屋のあるじです」

道場でなにかあったのか。

「よし、会おう」

やがて口入屋の主人の菊蔵が入ってきた。畳に正座し、頭を下げる。

「どうも、ご無沙汰《ぶさた》しております。高倉さまもお元気そうでなによりです。それにしても、ますます寒くなってきましたなあ」

「時候の挨拶などどうでもいい。どうした」

喉仏を上下させて菊蔵が背筋を伸ばした。

「ええ、それがたいへんなことになっちまいまして」

「なにがあった」

菊蔵には道場でなにか変わったことがあれば、すぐに知らせてくれるよう頼んでおいたのだ。

「あの、それがですね」

菊蔵が語ったところによると、伯母のおたつと正助が追いだされ、師範代の川田太兵衛が女を引きこんだとのことだ。

「まことか」

「わざわざ嘘《うそ》を申すためにまいりません」

源四郎は菊蔵をにらみ据えた。

「俺をおびきだすのに一役買っているのではあるまいな」

「はっ。一役買う。いったいなんのことです」

源四郎は目を鋭くした。菊蔵が偽りをいっているようには思えなかった。

「忘れてくれ。足労をかけた」

「いえ、このくらいなんでもありませんよ」

菊蔵が気がかりそうな瞳で源四郎を見る。

「どうした」

「あの、道場に行かれますか」

「そのつもりだ」

ふっと源四郎は薄く笑った。

「案ずるな。手荒な真似をする気はない」

「さようですか。それをうかがって、安心いたしました」

菊蔵がつくり笑いを浮かべる。ではこれで、と辞儀をして部屋を出ていった。

源四郎は立ちあがり、弓五郎の部屋に行った。

「ちょっと出かけてくる。夜までには戻る」

そういい置いて宿を出た。

傾いた日は、家々の屋根にかかるくらいまでおりてきている。暮色がうっすらとした幕を張りつつあり、あと半刻もたたないうちに夜は町を飲みこむはずだ。

あとをつけてくる者がいた。何人いるか、振り向くことなく数えた。浪人者が三人、というところだ。どうやらこの前の晩、叩きのめした二人とは異なる者らしい。

そのうしろには、柿助一家の連中がくっついているようだ。

すぐさま襲う気でいるのは、浪人者から放たれている殺気からわかった。

こんな連中を張りつけたまま道場には行けない。

源四郎は左に曲がり、わざと人けのない路地に入りこんだ。

間髪《かんはつ》を容《い》れず、背後から風が巻きあがった。

襲ってきたのはやはり三人の浪人者だ。見覚えのない顔で、新たに金で雇われたのが一目で知れた。

猛然と刀が振られる。源四郎は右に動いてかわしたが、かなりきわどいところを刀は通りすぎていった。

源四郎のすさまじいまでの手練《てだれ》を知って、柿助は相当の遣い手を雇い入れたのだ。

しかし無理だな。抜刀しつつ源四郎は浪人どもの必死の形相《ぎょうそう》を冷ややかに見た。

遣えるが、到底及ばん。

源四郎は、浪人が入れ替わり立ち替わり攻勢に出てくるのを足さばきのみでひらりひらりとかわしていった。

おのれっ。一人の浪人が怒りをあらわに突っこんできた。

源四郎は大振りになったその瞬間を見逃さなかった。

容赦なく刀を振るい、胴に叩きこんだ。ぎゃあ、という悲鳴を残して浪人が倒れこむ。

斬られたと思ったのか、体をひくひくと痙攣《けいれん》させている。

「峰打ちだ、案ずるな」

殺すのはむずかしくはなかった。だが、さすがにそこまでやっては面倒なことになる。

源四郎は、前に立つ二人の浪人を見据えた。

「安堵したか」

「なめるなっ」

怒号を発して一人が袈裟懸けに振りおろしてきた。源四郎は斬撃をかいくぐって足をすばやく進ませ、がら空きの胴に刀を打ちこんだ。

どすと音が立つ。浪人は息がつまったようで、無言のまま地面に膝をついた。源四郎が肩を蹴ると、どんと背中から倒れた。

「おい、まだやるのか」

最後の一人にきいた。

「当たり前だ」

源四郎をにらみつけて浪人が声を吐きだす。

刀尖を動かして、源四郎は浪人を見直した。ずいぶん若い。とはいっても自分より五つは上か。腕はまずまずといったところだろう。

「なんだ、震えてるじゃねえか。真剣でやり合うのははじめてなんだろ。おい、いくらもらったんだ。けちな柿助の野郎じゃ、たいしてくれなかっただろうが。腕一本の値段にはつり合わねえぜ」

「腕一本だと」

「ああ、折らせてもらう。二度と刀は握れなくなるだろうぜ。それでもいいのか」

くっと浪人は唇を噛み締め、うしろをちらりと見た。柿助一家の連中が息を飲んで見守っている。

浪人が腰を落とし、静かに気合をこめはじめた。

「なんだ、やるのか」

源四郎は浪人を斜《はす》に見た。

「おい、本当に折るぞ」

たありゃ。刀を上段に振りあげた浪人が源四郎の言葉を無視して進んできた。

馬鹿めっ。源四郎は怒鳴り、落ちてきた刀を弾きあげた。その強烈な振りに浪人の刀が宙に浮く。

腰を落とした源四郎は胴を打つ姿勢を見せた。浪人があわてて刀を下げる。

源四郎は浪人の腕に刀を見舞った。太い枝が折れるような音がし、浪人が悲鳴とともに刀を取り落とした。

片膝をつき、右手で左手を押さえている。口から漏れそうになる声を必死に抑えていた。左手が手首の下あたりで妙な具合に曲がっている。

「警《いまし》めはしといたぜ」

顔を上げた源四郎は、柿助一家の者たちを見据えた。十数名いる男は顔色をなくし、かかってこようという気迫を見せる者は一人もいなかった。

「ざまあねえな」

嘲笑して源四郎は刀をおさめた。

「おい、柿助にいっとけ。今度こんな真似しやがったら、本当に命をもらいに行くってな。おい、わかったか。必ず伝えろよ」

柿助一家の者は誰一人として動こうとしない。ただ、化け物を見るような目で源四郎を凝視していた。

「じゃあな」

にっと笑いかけてから源四郎は体をひるがえし、足を急がせた。

十

「ここだったな」

丈右衛門は木戸を見あげた。隆蔵店《りゅうぞうだな》、と記された看板が掲げられている。

この長屋には、十六年前、丈右衛門が斬り殺した下手人が住んでいた。

当時の長屋は火事で焼けたらしく、建物は新しくなっていた。深川西永町《にしながちょう》に隆蔵店はあり、全部で十四の店が向かい合って並んでいた。

あの男は、と丈右衛門は思った。右手の一番奥に住んでいた。

あの事件を覚えている者が今もここに住んでいるかわからなかったが、丈右衛門はすべての店を訪問した。

やはり十六年というときは重く、すべての住人が入れ替わっており、事件のことを覚えている者はいなかった。

むろん、下手人の子供がどこに行ったのか、など知っているはずもなかった。

大家に会い、人別帳を見せてほしいと頼んだ。住人が引っ越した際、人別送りというものが行われ、人別帳を見れば、引っ越し先がわかるようになっているのだ。しかし大家は若く、丈右衛門のことをまったく知らなかった。あっさりと拒絶された。現役の頃は十手を見せればなんとでもなったが、今はさすがに勝手がちがう。

丈右衛門は木戸に戻り、さてどうすべきか思案した。

一つの名が浮かんできた。

やつはまだがんばっているのだろうか。

足に力を入れ、歩きだす。日がかなり傾き、地平の彼方《かなた》まであとわずかというところまで迫っている。だいぶ暗くなってきた。

この分だと帰りはおそくなるな。

あの浪人を思いだして、背中に薄ら寒いものを感じたが、丈右衛門はかまわず歩を進めた。

ああ、まだあったか。

西永町の端にへばりつくようにして一膳《いちぜん》飯屋が見えている。上からつるされた大きな提灯にはすでに火が入れられ、軒端に黒々とした影をつくっていた。一膳飯屋だが、夜になれば酒も飲ませる。

「ごめんよ」

縄暖簾《なわのれん》を払った。

「いらっしゃい」

女の明るい声がふんわりと丈右衛門を包みこんだ。

「あら、いらっしゃいませ」

女があわてて寄ってくる。

「ずいぶんとお久しぶりですねえ、御牧の旦那」

「おことも元気そうだな」

「元気しか取り柄はありませんから」

「そうでもあるまい。評判の器量は今でも衰えてないぞ」

「まあ、相変わらず口がお上手ですこと」

丈右衛門はしげしげと目の前の女将《おかみ》を見つめた。

「うむ、やはりちょっと歳を取ったな」

もう、と肩を軽くぶってくる。

「今日は、飲みにいらしてくれたんですか」

「いや、そうしたいところだが、そうもいかんのだ」

おことをじっと見て丈右衛門は声をひそめた。

「馬之助《うまのすけ》はいるか」

「ええ、いますけど」

おこともささやき返す。

「でも、今はもう御用は承ってないんですよ。手札はもう返しましたから」

二人が声をひそめるのは、岡っ引は表に出る者ではないからだ。自分が岡っ引であること、であったことを声高《こわだか》に喧伝《けんでん》する者はまずいない。そんなことをするのは、報復を受けたい者だけだ。

「仕事を頼むわけではない。昔のことできききたいことがあるんだ」

「さようですか……」

おことは気がかりそうだ。ようやく引退して平穏をつかんだのに、また夫が引き戻されるのでは、という危惧があるのだろう。

「上か」

すまなさを面にだして、丈右衛門はきいた。

「ええ、そうです。今、呼んできます」

「ありがとう」

間を置くことなく馬之助が姿を見せた。

「ああ、これは御牧の旦那、ご無沙汰しておりやす」

丈右衛門に向かって深々と腰を折る。

「おまえさんも元気そうでなによりだ」

「いや、そんなことありゃしませんぜ。あちこち体にがたがきちまいましてね、それでおつとめのほうはやめたんですよ」

さすがに歳を取った。最後に会ったのは十年以上も前だろう。その頃からくらべれば体も肥えたし、顔も丸くなっている。なにより、鋭かった眼光が一膳飯屋の親父のものになっていた。

「ここでは話をしにくいだろう。ちょっと歩きながら話さんか」

二人は道に出た。遠慮して馬之助はうしろについてきたが、寄ってくれ、と丈右衛門がいうと、おずおずと肩を並べてきた。

「昔のことできたいことがあるとのことですが……」

「隆蔵店の一件だよ」

一瞬だが、馬之助の目を現役の頃を思わせる光がよぎっていった。

「どういうこってす」

「なぜききたいのかわけはいえんのだが、あのときの子供は今どうしているか知っているか。子供といっても、まだ二つか三つの赤子といっていい歳だったが」

丈右衛門は少し間を置き、続けた。

「この町を縄張にしていたおまえさんなら知っているだろうと思ってやってきたんだ」

「しかし、ずいぶん昔のことをおっしゃいますねえ」

馬之助はまずいものでも口にしたように顔をしかめた。

「ありゃひどい事件でしたねえ。今でも忘れられないですよ」

馬之助は首をひねった。

「でも、あの子供があれからどうしたか、どこへ行ったのかあっしは知らないんですよ。——あれ、でもあの事件が解決したとき、旦那、隆蔵店に見えましたよね。あのときも子供を気にされていたじゃないですか」

「うん、あんなことがあっても子供には罪がないからな。どこかに世話できたらと思っていたんだ」

「でも会えなかったんですね」

「そういうことだ」

馬之助は顎に手をやり、考えこんだ。

「あのあと、あの子はどうしたんだっけな」

じっと下を向き、考えている。そのあいだに夜はさらに深まり、空を染めていたわずかな残照も消え去って、代わりに無数の星が瞬きはじめた。

「ああ、そうだ」

馬之助が手のひらと拳をぱちんと打ち合わせる。

「あの男の兄に引き取られていったんじゃあなかったかな。いえ、誰かからきいたんですよ。誰だったかな」

下を向き、馬之助はまたも考えはじめた。

「ああ、そうだ。あの長屋に前に住んでた年寄りがいるんですよ。名は、なんていったっけかな。――ああ、弘左衛門《こうざえもん》さんだ。あの年寄りなら、もしかしてなにか覚えているかもしれないですよ」

馬之助は、今、弘左衛門がどこに住んでいるかを教えてくれた。

「もういい歳ですが、まだくたばったりはしてないはずですよ。今の長屋からも移ってはいないと思います」

「そうか、ありがとう、さっそく行ってみよう」

丈右衛門は馬之助にしっかりと向き直った。

「すまなかったな、突然押しかけたりして」

「いえ、いいんですよ。御牧の旦那にはさんざんお世話になりましたから。でもどうして急にそんなことを」

気づいたように言葉をとめた。

「すみませんでした。きいちゃいけないんでしたね」

「すまんな」

「いえ。でも御牧の旦那、あっしでお役に立てるようなことがありましたら、いつでも声をかけてください。飛んでゆきますから」

「ありがとう。必ずそうしよう」

「女房に文句はいわせませんから、安心してくだせえ」

「わかった。――じゃあ、これでな」

「また今度ゆっくりと飲みに来てくだせえ」

そうするよ。手をあげて、丈右衛門は歩きはじめた。おそらく、もう二度と会うことがないのは互いにわかっている。

ときがすぎたのだ、と丈右衛門は思った。

深川石島町《いしじまちょう》にある、弘左衛門という年寄りが住む長屋に行ってみた。

長屋はすぐに知れたが、弘左衛門は不在だった。

同じ長屋の男によると、実家のある千住《せんじゅ》のほうで不幸があったとのことで、おととい から向こうに行っているとのことだ。

「帰りは明日じゃないですかね。確かそんなこと、いってましたよ」

「そうか」

「なにか伝えることがあれば、きいときますけど」

丈右衛門をじっと見て男が申し出る。

「いや、けっこうだ。明日、出直してくることにしよう」

かぶりを振って丈右衛門は断り、足を踏みだした。

第三章　人相書

一

夕日の余光に照らされて黒い影と化している建物に人けは感じられず、ひっそりとしている。稽古はとうに終わったのだろう。

伯父の伊太夫が健在な頃は、そんなことはなかった。この刻限でも居残って稽古に励む者がいつも何人かいたのだ。

訪いを入れずに源四郎は道場に入った。戸に錠などはおりていなかった。

やはり人はいなかった。どこかで物音が響き、それに続いて酔ったように声高に話すざわめきが届いた。

源四郎はかまわず進んでいった。人声のする奥の部屋の前に立つ。

ここは以前、伯父と伯母がつかっていた夫婦の部屋だ。伯父が倒れてからはずっと寝ていた部屋でもある。

なかからは数名の男の声にまじり、女の声もきこえてきている。

引き手に手を当て、源四郎はからりと襖をひらいた。

床の間を背に座している師範代の川田太兵衛がまずぎょっとした。若い女が膝を崩して横に座っている。

四名の高弟がいっせいに振り向いた。

輪のまんなかに徳利が数本並んでいる。そのうちの二本は転がって、口からしずくを垂らしていた。

「源四郎、きさま、なんの用だ」

川田が刀を手に立ちあがり、他の四人も続いた。

「そういきり立つな」

腰から鞘ごと刀を引き抜いて源四郎はどかりとあぐらをかいた。

五人の男が上からにらみつけてくる。女だけは床の間のほうに体を寄せ、源四郎をこわごわと見ている。

「あんたが川田の女か。もっと上物かと思っていたが、たいした器量ではないな。いや、伯母よりはるかに落ちるんじゃないか。勝っているのは歳だけか。ふむ、川田にはお似合いだ」

「なんだと」

高弟の一人が刀の鯉口《こいぐち》を切ろうとする。

「突っ立ってないで、座ったらどうだ」

源四郎がいうと、川田が余裕を見せつけるかのように体から力を抜いた。尻《しり》を落とし、どんと座る。四人も川田にならった。

「源四郎、なにしに来た」

眉を怒らせて川田がたずねる。

「どういうことか、教えてもらいたくてな」

「なんのことだ」

「とぼけるのか。伯母と正助を追いだし、その女を入れただろうが」

脳裏に、さっき見舞ったばかりのおたつと正助が浮かんできた。

「別に追いだしたわけではない。女を呼んだら、向こうが勝手に出ていっただけだ」

「伯母はあれでも誇り高い人だ。そんなことをしたら、出てゆくのはわかっていただろう。いや、わかっていたからこそ女を引きこんだのだろうが」

正助を胸で抱いたおたつは、人を見る目がなかったことを謝り、源四郎を追いだしてしまったことを今さらながら後悔している、と涙を流しつつ語った。

「この女を外にだし、伯母と正助を戻す気はないのか」

源四郎はおたつと正助に、必ず戻れるようにしようと約束してきた。

「二人が戻ってくるのは勝手だが、お真知《まち》をだす気はさらさらない」

「ふん、その女のどこがいいのかわからんが、好みは人それぞれだからな。これ以上はいわんでおこう」

源四郎は身を乗りだすようにした。

「おい川田、おまえがもう若くはない伯母の心を惑わしたのは、邪魔な俺をまず追いださせるためだよな。そう、おまえははなから道場を乗っ取るつもりでいたんだ。貧乏御《ご》家人《けにん》の三男坊がいかにも考えそうなことだ」

「なにをいっている。そんな気などない」

「俺を追いだし、そして伯母と正助をその後に追い払うのも筋書き通りなんだよな」

「だから、追い払ったのではない。あの二人は自《みずか》ら出ていったんだ。きさまと同じだ」

源四郎は取り合わず、川田をねめつけた。

「いつからその女とできていた」

「なにゆえいわねばならん」

「俺が知りたいからだ」

「どうでもよかろう」

「伯父上が病に倒れる前か、それともあとか。前だよな」

源四郎は刀をつかみ、鞘尻を畳に打ちつけた。

「いいか、まずこの女を外にだし、伯母と正助を戻せ。それから、この四人とともに道場を出てゆけ。さすれば、今回のことは不問に付してやろう」

「なにをえらそうにいっておる」

川田がせせら笑う。

「なにゆえきさまに許しを請わねばならぬ」

「命のほうが大事か」

「なに」

川田が片膝を立て、すぐにでも刀を引き抜ける体勢を取る。四人も同じような姿勢になり、源四郎をにらみつけてきた。

「おまえらでは束になっても俺には勝てん。そんなことはわかっているだろうが」

源四郎は刀をうしろに引き、柄《つか》に手を置いた。

「やるというのならいつでも相手になるぜ。だが命が惜しかったら、黙って出てゆくことだ」

川田がふう、と大きく息を吐いた。それを何度か繰り返す。体に殺気が満ちつつある。

「抜く気か――」

川田は答えず、源四郎の隙《すき》を探るような目つきをしている。

「ふん、抜けやしまい。きさまの腕で、俺とやろうというのがおこがましいんだ。抜く度胸もあるまい。竹刀ですらずっと逃げまわっていたのに、真剣でやれるはずもなかろう。ふん、その程度の男が道場主か。笑止だな」

源四郎は笑って首を振り、立ちあがった。刀を腰に差す。

「いいか、もう一度いうぞ。おとなしく出てゆけ。さすれば命は取らん」

川田がいきなり刀を抜き、胴に払ってきた。女が、きゃあと甲高《かんだか》い悲鳴をあげる。

「馬鹿めっ」

軽々とよけて源四郎は怒鳴りつけた。

「本当にやる気かっ」

他の四人もいっせいに立って刀を抜き、構えた。せまい部屋のなかは一気に熱気に覆われた。女がじりじりと下がって床の間に入り、柱にすがりつく。

「きさま、抜かせる気でわざと怒らせたくせに、今さらそんなことをいうのか」

「わざと怒らせただと、俺にそんな気はない」

「なんだ、真剣を見て怖《お》じ気《け》づいたか。源四郎、黙って出てゆけ。そうすれば命は助けてやる」

数をたのんだ川田がいい放つ。

源四郎は腹に力をこめた。

「川田、おまえ、本当に命がいらんのか」

「命の心配をするのは、源四郎、きさまのほうだ」

「愚かだとは知っていたが、ここまで愚かだとは知らなんだ」

源四郎は体を低くし、脇差《わきざし》を引き抜いた。半間の距離を跳びすさり、脇差の抜き身を目の当たりにして狼狽した川田が振りおろしてくる刀をかわした。それでも師範代だけのことはあり、刀尖はよく伸びて、源四郎の鬢《びん》の毛をわずかにこそげ取っていった。

瞬時に川田の横にまわりこんだ源四郎は、眼前に広がる胸に脇差を突き通した。ずん、と手応えが伝わる。

「馬鹿め」

確実に心の臓を貫き、立ったまま川田が絶命したのを確かめてから、源四郎は脇差を引き抜いた。しゅう、と音を立てて噴きだしてきた血がかからないようにうしろにさがる。

虚空《こくう》をにらみつけるような目をして川田は、体をまわしながら畳に倒れこんだ。どたりと横向きに倒れ、身動き一つしない。油のように粘りのある血が畳をどっぷりとひたしてゆく。

「きさまらはやるのか」

面をあげた源四郎は、呆然としている高弟たちを見つめた。

高弟たちは川田の死骸《しがい》と源四郎を交互に見るだけで動かない。

「おい女、出てゆけ」

は、はい。うなずきはしたものの女は立ちあがった途端斬《き》られるのを怖れているかのように、柱にしがみついたままだ。

「斬りはせん」

女はおびえた目をしていたが、意を決したように立ち、風に吹かれる柳のように体を震わせて立ち去った。

「きさまらもだ」

源四郎は顎をしゃくった。

四人の高弟は我に返ったような表情になり、互いの顔を見合わせてから、そそくさと出ていった。

源四郎は川田の着物で脇差についた血と脂を拭《ふ》き取った。指が小刻みに震えていた。

人を殺したのははじめてで、さすがに気持ちが高ぶっている。

川田太兵衛が殺されたことはすぐに番所に通報が行くだろう。長居はしないほうがよさそうだ。

源四郎は無人の道場を出て、空を見あげた。歩きはじめる。

俺も父上と一緒か。

伯父の言葉が思いだされる。あれは、伯父の死の四日前のことだ。

「おまえの父は、人を殺した。おまえを救うために」

どういうことです。源四郎は問い返したが、伯父はいつしか眠りに入っており、寝息を立てはじめていた。

そのまま源四郎は、目の前に横たわる寝顔を見つめていた。そのあまりのやつれように胸を衝かれた。

ほんの数年前まではつやつやしていた頰《ほお》はげっそりとこけてしわが寄り、鬢やうしろ頭の髪もほとんどが白くなってしまっている。月代《さかやき》も自分では剃《そ》れず、源四郎がやっていたが、すでに肌はかさかさで産毛《うぶげ》などろくに生えてこない。両目の下にはしみがあり、上下の唇《くちびる》は灰色に乾ききっている。

不意に伯父がうめき声をあげはじめ、権太夫《ごんだゆう》、と口にした。

父のことだ、と源四郎は伯父の口許を見つめた。

「どうしてあのようなことを……」

手が伸び、源四郎の腕をがっちりとつかんだ。病人とは思えない力強さだった。

伯父がはっと目を見ひらいた。

「権太夫……源四郎か」

目を激しくしばたたいた。

「源四郎、わしは後悔しておるよ」

静かな声で話した。

「わしはしくじったんだ」

「なにをです」

「おまえを、ちゃんと育ててやれなかったことだ」

「そんなことは……」

「いや、厳しい稽古に耐えられるだけの忍耐強さは育てられたが、しかし心の奥底に持つ非情さ、酷薄さをわしはついに取り払ってやれなんだ。やはり血かな……」

源四郎は黙って見ているしかなかった。

「おまえ自身、その意味はまだわからんだろうが」

「教えてください」

伯父は疲れたらしく、幕をおろすように目を閉じた。また眠りに入っている。

伯父上、と源四郎は夜空に向かって呼びかけた。

あのとき、いったいなにがいいたかったのです。父がした、あのようなこと、とはなんなのです。

二

「勇七、あそこだな」

「そのようですね」

一町ばかり先にある建物の前で、多くの提灯《ちょうちん》が行きかっている。

文之介たちは、同僚や町役人が集まっている建物までやってきた。

掲げられた看板を見る。それには『高倉道場』と黒々と大書されていた。

ちょうど検死役の医師である紹徳《しょうとく》も、小者《こもの》を連れてやってきたところだった。警固をしている小者たちに会釈《えしゃく》し、文之介は紹徳を案内するようになかに入った。

「おう、文之介、こっちだ」

廊下にいた石堂が手招く。

文之介は石堂に導かれて奥の部屋に足を踏み入れた。勇七は部屋の手前で足をとめた。

なかには又兵衛と吾市がいて、横たわる死骸を見つめていた。

死骸は侍で、こぎれいな身なりをしている。

「おう、文之介、すまなかったな。非番のところを呼びだしたりして」

又兵衛がねぎらいの言葉をかけてきた。

「いえ、かまいません」

さっそく紹徳が死骸をあらためはじめた。さほどときはかからずに検死は終わった。

「いや、これはすさまじい腕をしてますな」

立ちあがって又兵衛に語る。

「凶器は脇差でしょう。それを肋骨《ろっこつ》に触れることなく、ものの見事に心の臓を突き刺しております。慣れた者でないと、なかなかこうはいかないものですよ」

「慣れた者ですか」

又兵衛がむずかしい顔をする。

「きけば、もう下手人も殺された刻限もわかっているとのことですが、ほかにおききになりたいことがありますか」

「いえ、ありません。先生、どうもご苦労さまでした」

紹徳は一礼して部屋を出ていった。

文之介は又兵衛に近づいた。又兵衛がにやりと笑いかけてきた。

「下手人が誰か、知りたい顔だな」

「いえ、その前にこの仏さんは誰なんです」

「川田太兵衛。この道場の師範代だ」

「師範代ですか。道場主は」

文之介は部屋のなかを見まわした。

「おらん。亡くなったんだ。いや、道場主は病だ。——それで下手人だが」

高倉源四郎という男だという。

「何者です」

「ずっとこの道場で暮らしていた男らしいんだが」

又兵衛は、奉行所に通報してきた男たちからきいた話を文之介に告げた。

部屋で酒盛りをしていたら、いきなり高倉源四郎が乱入してきて、脇差で川田太兵衛を突き殺した。川田は刀を抜いたが、間に合わなかった。

「どうして高倉源四郎は、乱入してきたんです」

「どうも道場内でいざこざがあったようだな。源四郎がこの道場を離れたのもそのためらしい」

「では、うらみから師範代を殺したということですか」

「そういうことになるか」

文之介は勇七とともに、源四郎が暮らしていたという部屋に行った。しかし荷物らしい物はなにもなかった。

「高倉源四郎はこの道場を出て、どこへ行ったんです」

文之介は又兵衛にただした。

「いや、それが誰一人として知らんのだ」

文之介は一つ間を置いた。

「その源四郎と、この道場との関係はなんなのです。姓が同じですが」

そのことも又兵衛が説明した。

「亡くなった道場主の甥《おい》ですか」

眉根を寄せて文之介は腕を組んだ。

「それがいざこざで出ていった……。いざこざの中身は」

「それはまだだ」

「病で亡くなった道場主は独り者だったんですか」

「いや、妻子がいた。近くに住んでいるらしいんで、呼びに行かせている」

「道場主の妻子が外に住んでいるんですか」

「それも、すぐに話がきけるだろう」

やがて同心に連れられて、妻と男の子がやってきた。おたつという女で、疲れきった顔をしていた。

死骸が横たわる部屋を避け、又兵衛が隣の部屋に二人を招き入れた。

「おい、文之介。その子の面倒を見てやれ」

又兵衛に命じられて、文之介は男の子の前にしゃがみこんだ。男の子は怖れげもなく、みつめ返してきた。

「坊の名は。いくつだい」

男の子が名を答え、右手の指を大きくひらいた。

「そうか、正助か。五歳なんだな」

又兵衛がおたつから事情をききはじめた。正助の相手をしつつきき耳を立てていた文之介も、事情を知って驚いた。

「つまり高倉源四郎は、おぬしたちをこの道場に戻すために師範代の川田太兵衛を殺したというのか」

「はい、そうだと思います。私たちが道場に必ず戻れるようにするから、といって出ていきましたから」

いざこざの中身も知れた。正助の跡取りとしての座を源四郎はまちがいなくおびやかすとおたつが川田に吹きこまれ、追いだしにかかったのだという。

「私がいけないんです。私さえ、川田を信用しなければ、こんなことにはならなかったんです」

おたつが激しく泣きはじめた。正助が心配そうに見ている。

「源四郎の居どころを知らんか」

少し落ちつくのを待って、又兵衛がきく。

「いえ、存じません」

「親しくしていた者は」

「いえ、いなかったものと」

「女はどうだ」

「いえ、そのような人もいなかったものと」

「友は」

「いえ、そちらも。孤独を好んでいたわけではないでしょうけど、あまり人を寄せつけない人でしたから」

しかしどこかに身を寄せているのはまちがいない、と文之介は思った。この寒空の下、屋根と火がないところではとてもすごせまい。

「源四郎は金を持っているのか」

「いえ、ほとんどなかったものと」

「この道場を出たのはいつだ」

「十日くらい前です」

「急に出ることに決まったのか。いや、そうではなかろう。出るまでのあいだ、どこかへ行くようなことを口にしてはいなかったか」

「いっておりませんでした」

又兵衛が振り向き、文之介を見る。

「たいして金がないのでは旅籠《はたご》や女郎宿も無理だよな。かといってこの寒さだ、野宿もきつかろう」

「どこかにもぐりこんでいるのはまちがいないでしょうね」

池沢斧之丞《いけざわおののじょう》が、門人たちからきき取って源四郎の人相書を描いている。

「よし、これでいいですか」

池沢が門人たちに確かめている。似てます、大丈夫です、という声が次々にあがった。

又兵衛が手にした人相書を、文之介はのぞきこんだ。

あっ。声をあげかけた。父を襲ってきたときにしか顔を見ていないが、高倉源四郎はあの浪人者にそっくりだ。いや、紛《まぎ》れもなく本人だろう。

「なんだ、どうした」

気配をすばやく察した又兵衛が文之介を見つめる。

文之介は委細を告げた。

「なんだと。こいつがそうか」

又兵衛はうなるようにいい、人相書をにらみつけた。

「どうしてこの道場の者が丈右衛門を狙《ねら》うんだ」

結局、今宵はここまでだった。明日から正式な探索を行うということで、文之介は帰途についた。

屋敷に戻ると、父はもう寝ていた。ふだんはかかないいびきをかいている。かなり疲れている様子である。

いったいどうしたのか。ききたかったが、起こすのもためらわれた。

それに、ここで高倉源四郎のことを話すのもどうかな、と思った。このまま師範代殺しの下手人としてとらえてしまえばすむことだ。

父にはそのあとで伝えればいい。

三

今日一晩くらいは大丈夫だろう。捕り手もこの宿にやってはくるまい。

源四郎は、黒々とした屋根を見せている家のなかに足早に入りこんだ。

「ちょっと源四郎の旦那、おそいですよ」

足を踏み入れると同時に、怒ったような顔で弓五郎が寄ってきた。

「もうみんな、行っちまいましたよ」

源四郎は黙って弓五郎に瞳を向けた。弓五郎がひっと喉の奥で声を漏らし、あわてて目をそらした。

どうやら、と源四郎は思った。人を殺した高ぶりはいまだに消えていないようだ。

「今夜は大丈夫だ。やつらは来ん」

源四郎は軽い口調で請け合った。

「なんでそんなこと、いえるんです。相手はあの柿助一家ですよ」

源四郎は今日あったことを語った。

「ええっ、また叩《たた》きのめした。さすがですねえ」

首を大仰に振って弓五郎は感心しきりだ。

「このままだと、あっしのほうが柿助一家を乗っ取れちまいそうだ」

「そうしたらどうだ。今、やつらはがたがただぞ」

「いや、まあ、やめときますよ」

一転、弓五郎は弱気な顔になった。

「あっしは夜鷹の宿の元締が似合いですよ」

源四郎は出かけようとして、弓五郎を振り返った。

「お理以さんは」

弓五郎がにっとする。

「なんだ、ずいぶん気になさるじゃないですか。今夜も休みですよ」

なぜか源四郎には安堵《あんど》の気持ちがあった。あの女は今日、誰にも抱かれることはない。

「どうしたんですかい、旦那。まるで夢でも見ているみたいですよ」

源四郎はじろりとにらみつけた。弓五郎がうろたえて口をつぐむ。

弓五郎の家を出た源四郎は、深川元町代地のいつもの原っぱまでやってきた。やはり柿助一家の気配はどこにもない。おそらく二度とあらわれまい。

源四郎が来たのを、闇を見透かして知ったらしい一人の夜鷹が寄ってきた。

「源四郎の旦那、ずいぶんとおそかったじゃない。なにしてたの」

源四郎は見返した。確か、おせんとかいう女だ。

「野暮《やぼ》用だ」

「野暮用ってどんな」

「おぬしには関係ない」

「なんだ、ずいぶんつめたいい方するのね。ま、でもそれが源四郎の旦那なんだけど」

おせんが源四郎の腕を取り、顔を近づけてきた。脂粉のにおいが寒気のなか、鼻にからみつく。

「今夜はやつらもいないみたいじゃない。どう、あたしと。お代はいらないわよ」

深い闇にもかかわらず、瞳をきらきらさせている。

「あたし、あんたのこと、好きなのよ」

どこか粘っこい目でじっと源四郎を見る。

「なにをいっている」

「ねえ、しようよ」

「いい。俺の仕事ではない」

「そんなこと、いわないでさ。大丈夫よ、元締には黙ってればばれやしないわ」

源四郎は取り合わなかった。

「そんな気分ではない」

「そういう気分にさせてあげる」

おせんが耳元にささやきかけてくる。

急にその仕草がうっとうしくなった。

「ねえ、はやく……」

手を強く引く。

「うるさいっ」

源四郎は怒鳴りつけ、手を払いのけた。

「その気はない、といっているだろうが」

おせんはびっくりして目を丸くしていたが、すぐに足元に唾《つば》を吐いた。

「なによ、女からここまでいってるのに、恥をかかせて。ええ、わかったわよ。あんた、お理以がいいんでしょ」

おせんはくるりときびすを返すと、足を踏み鳴らすようにして去っていった。

お理以か、と思った。無性に会いたい。これまで言葉をかわしたことすらほとんどないのに、どうしてこんな気持ちになるのか。

惚《ほ》れたのか、とは思わなかった。源四郎はこれまで女を好きになったことがないのだ。お理以が恋しいことは恋しいが、今は戸惑いの気持ちのほうが強い。

源四郎は腹に息を入れ、別のことを考えようとした。

夜空を見る。いつの間にか、月が雲間から顔をだしていた。その月を見続けているうち、伯父の伊太夫の顔が浮かんできた。

伯父に呼ばれ、枕元《まくらもと》に行った日のことがまたも思いだされた。

「わしはもう長くはない」

夜具のなか、悪寒《おかん》に襲われたように小刻みに唇を震わせた伯父はいきなりいい、疲れたように言葉を切った。一度静かに目を閉じ、ゆっくりとまぶたをあげた。

「おまえももう大人だ。父がどういう死に方をしたのか、知っておいてよかろう。本当は胸にしまってあの世に逝くつもりだったが」

しわがれてはいたが、じっくりといいきかせる口調だった。ただ、もう声をだすのすら大儀そうで、見ているこちらがつらくなってくる。

伯父はぜいぜいと喉を鳴らし、息をととのえた。

「どうだ、ききたいか」

「はい、是非」

しばらく伯父は生気のない目で源四郎をじっと見ていた。本当に話していいものか、迷いがあるように見えた。

「どうか、おきかせください」

源四郎が真剣な表情でうながすと、小さくうなずいた。しかしそれだけで、伯父は口をひらこうとはしなかった。

「どうされたのです」

「やはりやめておこう」

「どうしてです」

「どうしてもだ。ただ一つだけいっておく。いいか源四郎、父は病気のおまえを思って、必死になったのだ」

伯父は目を閉じた。眠っているようには見えなかったが、それ以上話しだそうとする雰囲気はかけらもなかった。

いったい父はなにをしたのか。病気の俺を救おうとして犯罪に手を染めた。つまりはそういうことなのだろうが、なにをしでかしたのか。

源四郎は眼差しを下げ、原っぱを眺めた。静かなもので、きこえるのはいつも通りあえぎ声や男女のかわすささやきのみだ。

それ以外、なにも耳に入らない。風すらもほとんどなく、あたりは静寂の帳《とばり》にすっぽりと覆われている。

源四郎をすでに追っているはずの捕り手の気配もない。

結局、その晩はなにごともなく源四郎のそばを通りすぎていった。

四

「ええ、確か高倉なにがし、といったのは覚えてるんですけどねえ」

その通りだ、と丈右衛門は思った。あのときの下手人は高倉権太夫といった。

年寄りとしてはかなり元気そうな弘左衛門は腕を組み、唇をぎゅっと引き結んでいる。

実家のある千住のほうから戻ってきたばかりだが、疲れた様子は見せていない。

「ああ、そういえば、確か、あの引き取っていったお方、剣術道場をやってるとかいってましたけどねえ」

「どこの剣術道場かな」

丈右衛門がきくと、弘左衛門はさらにむずかしい顔になった。

「どこでしたかねえ。覚えてないですねえ」

「すまんが、もう少し考えてくれんか」

わかりました、と答えて弘左衛門はすぐにうーんとうなりはじめた。

どこだったかなあ、あれはなんていったかな、といったつぶやきが口から漏れる。

なにか手がかりを与えられるものがあれば、と丈右衛門は言葉を捜した。

「深川か、それとも本所か」

ありきたりのものしか出てこなかった。

「いえ、ちょっと待ってくださいよ」

手をあげ、弘左衛門はうんうんとうなずいた。

「あれは本所ですね。ええ、まちがいないですよ」

弘左衛門が口にしたのは、中ノ郷横川町《よこがわちょう》だった。

「まあ、同じ長屋に住んでいた者として、一度くらいは様子を見に行くべきだったんでしょうけど、ここからけっこう離れてますからね」

苦い物でも口にしたような色を頬《ほお》に浮かべた。

「正直にいえば、あのときの子供がどうなったかなど気にもしてませんでしたよ。あんなことはむしろ、忘れたかったんでね」

「気持ちはわかる」

「ありがとう存じます」

「いや、礼をいうのはわしのほうだ。よく思いだしてくれた」

かたじけない。弘左衛門に告げ、中ノ郷横川町に向かった。

高倉道場は火事の延焼で焼け落ち、中ノ郷横川町からよそへ移っていったのが知れた。高倉道場がどこにあるかはわかったが、文之介が朝はやく出仕したのに続いて屋敷を出たせいもあるのか、さすがに疲れを覚えている。

歳を取ったな。丈右衛門は重い足を見つめながら、暗澹《あんたん》とした。昔ならそんなことはなかった。

気はせいたが、体がついてゆかない。中ノ郷横川町から中ノ郷八軒町まではすぐだが、丈右衛門は近くの茶店で一服した。

喉をくぐってゆく茶のあたたかみがありがたい。酒のように腹にしみ渡る。

朝は冷えこんだが、風はなく、いい日和《ひより》だ。太陽がのぼってだいぶたつが、陽射しをさえぎるような無粋な雲も出てきていない。春を思わせるというにはまだほど遠いが、それでも次の季節がそんなには遠くないことを、思い起こさせてくれた。

団子ももらい、小腹の空きを満たした。二杯目の茶を干し、代を支払って丈右衛門は歩きだした。ほんの四半刻にもならない休息だが、体に力がよみがえってきているのを感じている。

高倉道場に向かう。あの浪人がそこにいるかはわからない。仮にいたとしてどうするか。丈右衛門はまだ決めていない。とにかく、顔を見るほうが先決だ。

道場の近くまで行くと、驚いたことに町方役人が出入りしていた。いずれも顔見知りばかりだ。

丈右衛門は近づいていった。

「あれ、御牧さんじゃないですか」

目ざとく見つけたのは、鹿戸吾市だった。

よお、と丈右衛門は手をあげた。

「久しぶりだな、吾市。元気そうでなによりだ」

「御牧さんもお元気そうですね」

「それだけが取り柄だ」

首を伸ばして丈右衛門は道場を見た。

「なにがあった」

「文之介からきいてませんか」

「なにも」

「なんだ、息子なのにずいぶん冷たいですねえ。それがしが御牧さんの息子だったら必ずお話ししてますのに」

丈右衛門は黙って待った。

「ああ、なにがあったかでしたね」

吾市から吐かれた言葉をきき終えて、丈右衛門はさすがに驚きを隠せない。せがれがいつもよりはやめに出ていったのは、この一件があったからだ。

速やかに事件のことを思いだしていれば、と丈右衛門は悔いた。昨日中にここに来られていたのではないか。そうすれば浪人にも会えたかもしれないし、惨劇だってとめることができたかもしれないのだ。

「ご覧になりますか」

吾市が見せてきたのは、人相書だった。すまん、と丈右衛門は手にした。

目の前にいるのは、やはりあの浪人だった。

やはりそうだったか。

丈右衛門は胸のうちでうなずいた。

「この男の名は」

すぐさま吾市が答えた。

「そうか、高倉源四郎というのか」

吾市がようやく気づいた顔をした。

「どうして御牧さんはこちらまで」

「いや、そこにうまい団子を食わせる茶店があるんだ。それでなんとなくこっちに足を向けたら、おまえさんたちがいた」

「ふーん、そうなんですか」

吾市もさすがに疑わしそうな顔をしている。

「この男には血縁がいるのか」

丈右衛門は指で人相書を弾いた。

「どうしてそんなことをきかれるんです」

「まあ、いいじゃないか。教えてくれ」

丈右衛門が笑いかけると、吾市がうれしそうに笑い返してきた。

近くの長屋に、源四郎の義理の伯母と従弟《いとこ》がいるとのことだった。

「事情はもうきいたのか」

「ええ、それはもう。桑木さまが」

「そうか、わかった。ありがとう」

丈右衛門はその場を離れ、吾市に教えられた通りの道を行った。

確かに長屋はあり、そこに母子《おやこ》はいた。

土間に立って丈右衛門は丁重に名乗り、身分も明かした。

「御牧さま。元定町廻り同心ですか」

かなりの年増だが、しっとりとした色気がある女だ。ただ、自分の想い人だった男が義理の甥に殺害されたばかりのせいか、疲労の色が濃かった。五歳くらいの子供を大事そうに腕に抱いている。まるで誰かにさらわれることのないよう、必死になっているように見えた。

「疲れているところをすまんが、源四郎どののことできたいことがあるんだ」

「どんなことでしょう」

女がかすれたような声で問う。

「昨日、お役人にだいぶきかれましたけど」

「源四郎どのの育ちだ」

丈右衛門は、目の前のせまい式台に顔を向けた。

「腰かけていいかな」

どうぞ、と女が顎を引いた。

「源四郎どのはどういうふうに育ったのかな」

「どういうふうにといわれましても」

「おぬしはおたつさんというのだな。おたつさんは、源四郎の父親のやったことを知っているのか」

きかれて、おたつは目を大きく見ひらいた。

「知ってますけど」

ちらりと目をやり、子供を気にした。

「大丈夫だ。これ以上は話さん」

丈右衛門は唇をなめた。

「あっ、今お茶をおだしします」

「いや、いい。さっきそこの茶店で飲んできたばかりだ。——父親がしたことを承知で、おたつさんの旦那は源四郎を引き取ったわけだな」

「ええ、唯一の血縁でしたから。それに父親のしたことは子供には関係ないと……」

「おたつさんも旦那に逆《さか》らいはしなかったわけだな」

「ええ、夫のいう通りだと思いましたから。それに源四郎さん、いい子でしたし」

長じてからも無口は変わらなかったが、夫の伊太夫は深く信頼していたという。

「道場にやる気の感じられない者が入ってくるたびに、源四郎さんが厳しい稽古をつけて追いだしてくれたりもしました。もしあれがなかったら、道場はかなりだらけた雰囲気になっていたはずです。夫は師範としてはやさしすぎて、そういう真似ができるたちではなかったものですから」

「きらわれ役を買ってくれたわけか」

「そういうことです。でも、少しだけですが、夫は源四郎さんのことを怖いと思っていたのはまちがいないと思います」

「どういうことかな」

おたつがかすかにためらいを見せた。

「一つは、源四郎さんが門人たちを追いだしたときの目ですね。打擲《ちょうちゃく》したときの源四郎の目が喜びに輝いていた、といってました。それに……」

下を向き、おたつがいいよどんだ。

「この子が近所の者にいじめられたときです。そのことを知って源四郎さん、駆けつけてくれたんですが、そのときも子供相手に徹底してやったようなんです。正助もあまりに怖かったようで、しばらく源四郎さんと口をきかなかったくらいですから。ものすごく残酷なところとやさしさが同居しているような人で、そのあたりを夫は怖がっていたのではないかと思います」

そうか、といって丈右衛門は体を前に傾けた。

「伊太夫どのは、父親が起こした事件のことを源四郎どのに話したのかな」

「全部話したかどうかはわかりません。でも、どうして父親が死ぬことになったのか、それは話したみたいです。死の直前でした」

「同心に斬《き》り殺されたことは」

「それは……わかりません」

いや、まちがいなく話したのだ。そして誰が父親を殺したのかも。

はっとしておたつは顔をあげ、もしや、という目で丈右衛門を見た。

「いや、長いことすまなかった」

礼を述べて丈右衛門は長屋をあとにした。

五

文之介は、道場の門人たちに次々に話をきいた。朝からはじめて、すでに十八人を訪ねた。いずれも、剣術をものにしたい一心で道場に通っている町人たちだ。

しかし、そのなかに源四郎と親しくしている者はおらず、行方《ゆくえ》を知っている者はもちろん、心当たりを持つ者すら一人としていなかった。源四郎の剣についてもきいたが、やはり誰も知らなかった。道場主に、口伝《くでん》で伝えるべき秘剣があったとの噂《うわさ》もなかった。

門人には十人ほどの御家人や旗本の部屋住もいるが、町方役人が武家屋敷を訪ねてゆくわけにはいかない。

もっとも、そういう者に会ったところで、これまでとちがう話をきけるとはとても思えなかった。

「しかし勇七、なかなかうまくいかねえもんだよな」

文之介は疲れた顔を見せた。

「あきらめずにいれば必ず道はひらけます」

「そりゃそうなんだろうけどよ。それだったら、こっちがあまり苦労しねえうちにさっさと扉があいてくれねえもんかね」

「扉は重いほうがあけ甲斐《がい》もあるんじゃないですか」

「いや、俺は断じて軽いほうがいい」

「でも、それじゃつまらないでしょう」

「事件につまる、つまらないなんて勇七、ねえんだよ」

「その通りでしょうけど、あっしは旦那の探索をする力はすごいと思ってるんで、そんなにこみ込っていない事件じゃ、ちともったいないんじゃないかって……」

「なに、俺の探索する力がすごいだって。よくきこえなかったな。もう一度いってくれ」

勇七が素直に繰り返した。

「そうか、勇七。おめえは俺のことをそんなふうに思ってやがったのか。よし、勇七、次はどこだ」

「ほんとに餌《えさ》をくれてやった犬みてえだな。楽でいいや」

「なんだ、なにかいったか」

「いえいえ」

ええと、と勇七が手元の紙に目を落とした。

「北本所表町《おもてちょう》ですね」

「そうか、すぐだな」

町の自身番に声をかけ、町内に入る。しばらく進んだとき、横から声をかけてきた者がいた。

「文之介さま」

そのやや甲高い声に文之介はぎょっとして、足をとめた。背後から勇七が顔を輝かせた気配が伝わってくる。

「おう、お克《かつ》じゃねえか」

供を連れたお克が小走りに駆けてくる。ただ、体が大きいせいでのしのしと大地を踏み締める音がきこえてきそうだ。

「どうもご無沙汰しております」

体を縮めるようにして頭を下げる。あげた顔は、いつものようにどぎつく化粧をしていた。いや、ふだんよりさらに濃いか。特に紅《べに》が引かれた唇は真っ赤で、つやつやと油を塗ったかのように光っている。

「ご無沙汰か。そうだったかな」

「ええ、だってこの前お会いしたのが五日ほど前になりますもの」

「だったらそんなにたってねえじゃねえか」

「いえ、私は次はいつお目にかかれるものか、ずっと心待ちにしていましたから、ずいぶん長く感じられました」

そうかい。文之介としてはそう答えるしかなかった。

お克が口許に手を当てて、恥じらうような仕草をした。

「どうした」

文之介はかすれ声できいた。

「いえ、あの文之介さまが私の唇ばかり見つめるものですから」

なに、という感じで勇七がうしろからのぞきこんできた。咎《とが》める目つきをしている。

まさか横取りする気じゃないでしょうね、とその瞳は明らかに語っていた。

「おめえ、なににらんでんだ」

「すみませんでした」

恐縮して勇七がうしろに下がる。

「いや、俺はおまえさんの唇なんか見ちゃいねえよ」

「おとぼけになって」

お克が腕をぶった。軽くはたかれただけだったが、文之介は竹刀で小手を入れられたくらいの衝撃を感じた。

「新しい紅なんです。きっと文之介さまにも気に入ってもらえると思って、このところずっとつけていたんです。今日お目にかかれて、本当によかった」

「いや、あの別に気に入ってるとかそういうんじゃねえんだが……」

有頂天になっているお克にはきこえていないようだ。

「あの、文之介さま」

流し目をされて、文之介は背筋がぞっとした。はっとして横を見ると、また勇七が出てきていたが、それはお克の瞳につられたかららしかった。とろんとした目でお克を見つめている。

「なんだい」

ごくりと唾を飲みつつ、答える。

「あの、この前約束したお食事の件なんですけど」

「ああ、そうだったな」

「いつにしましょう」

「そうだな、今は殺しがあったばかりなんだ。非番の日もきっと取りあげられちまうだろうから当分は無理だな」

「そうですか」

お克が悲しげに目を落とす。

「わかりました。文之介さまのご都合がよくなる日をお待ちしています」

意外にけなげなんだな、と文之介は思ったが、それで気持ちが移るようなことは決してない。

「ところで、どこに行かれるんです」

「仕事だよ」

「そうですか。その殺しの一件は、むずかしくなりそうなんですか」

「いや、下手人はもうわかっているんだ。あとは居場所だけだな」

お克がぱっと顔を輝かせる。

「でしたら解決も近いということですね」

「いや、まだわからねえよ」

「またこの前のようにお力添えができたらいいんですけど」

「今度は大丈夫だ。俺と勇七の働きで解決に導く」

文之介は勇七の肩を叩《たた》いた。

「こいつはなかなか仕事ができるんだぜ。それにどうだ、いい男だろう」

お克の瞳に動きはない。じっと文之介を見ている。

興味はねえのか。文之介は心のなかでつぶやいた。こうなってくると、お克だけでなく勇七もかわいそうだ。

「じゃあ、お克、俺たちは行くぜ」

「はい、またお会いできるのを楽しみに待っています」

それには答えず、文之介はさっさと歩きはじめた。

「ねえ旦那、今のはちょっと思いやりがなさすぎるんじゃないですか」

うしろから怒ったような口調で勇七が話しかけてきた。

「だったらおめえ、俺がお克にやさしくしたほうがいいのか」

「そんなことはありませんが」

勇七が押し黙った。いおうかいうまいか迷っているように感じた。

「勇七、腹になにかあるんだったらはっきり口に出したほうがいいぞ」

「そうですか。でしたら、お言葉に甘えて……」

勇七が少し前に出てきた。

「ちょっと頭にきたことがあったものですから」

「頭にきたってなんのことだ」

「旦那はさっき、お克さんを厄介払いにあっしに押しつけようとしましたよね」

「だって、それがおめえにとってもありがてえことだろう」

「あれは、旦那を慕うお克さんにとんでもなく失礼ですよ」

「だったら、お克の気持ちを受け入れたほうがよかったか」

「それも困りますけど、でももし旦那とお克さんがそういうふうになっても仕方ないと思ってますよ」

「ちょっと待て、勇七。そんなことは金輪際《こんりんざい》ねえぞ」

「いえ、男女の仲ですから、なにがあるかわからないじゃないですか」

「馬鹿をいうな。俺とお克のあいだにまちがいなんか、天地がひっくり返っても起きねえよ」

「それだけじゃないですよ。非番がないなんて、嘘《うそ》つきましたよね」

「あれは方便だ」

「方便て、嘘をつかれる側の悲しさ、寂しさがわからないんですか」

「うるさい。――だいたいだな」

文之介は勇七に指を突きつけた。

「おめえ、あの醜女《しこめ》のどこがいいんだ」

「お克さんは醜女なんかじゃありませんよ」

「目がどうかしているんじゃねえのか」

「目は旦那よりいいくらいですよ」

「おめえさ、そのいいっていう目を見開いてよく見ろ。お克はでぶで大女で、とんでもねえ醜女だよ。あれだけの醜女はこの広い江戸にだってなかなかいねえぞ」

「旦那、それはいくらなんでもいいすぎですよ」

「そんなことねえよ」

文之介がにべもなくいうと、勇七の顔色が朱でも塗りつけたようにさっと変わった。

「あっしを馬鹿にするならともかく、お克さんを馬鹿にするのは許しませんよ」

「なんだ、どうする気だ」

「こうするんだよ」

いきなり勇七の口調が変わり、文之介は横合いのせまい路地に引きずりこまれた。手向かうことのできないものすさまじい力だった。

勇七は文之介を投げつけるようにした。文之介は背後の商家の塀にぶつかった。

「てめえ、なにしやがんだ」

「うるせえんだよ、このぼけ同心が」

「ぼけ同心だと」

「そうだよ、このぼけ同心が。お克さんの悪口、いいやがって」

勇七が殴りかかってきた。

飛んできた拳をばしっと受けとめたが、左の拳で文之介は腹をやられた。息がつまった。なんとか呼吸をして、勇七をにらみつける。

「てめえ、仕事のことならともかく女のことで殴りやがったな。もう許さねえ。覚悟しやがれ」

「おめえこそ、前の事件じゃあお克さんにさんざん世話になったくせにその恩を忘れやがって。どころか思いきり悪口をいうなんざ、人のすることじゃねえぞ」

また殴りかかってきた。文之介は右の拳はよけたが、左の拳は避けなかった。まともに顎がとらえられ、文之介は足がぐらついた。勇七が足を踏みだし、頬に拳を見舞う。それも文之介はまともに食らった。

さらに勇七が拳を振りあげた。しかしその手が見えない壁にでも打ちつけたように途中でぴたりととまった。

勇七がだらりと腕を下げる。

「どうして殴り返してこないんです」

文之介は口許の血をぬぐった。

「人の悪口をいっちまった俺が悪いからな」

「しかし……」

「いや、俺さ、勇七にいわれて子供の頃のことを思いだしたんだよ」

「どんなことです」

「あれもお春絡みだったな」

ある秋の日のことだった。お春が近所の悪たれどもにいじめられていると勇七に知らされた文之介は、いつものように屋敷を飛びだした。

勇七とともに、三人の悪たれにお春がいじめられているところに駆けつけた。

「てめえら、なにやってんだ」

文之介は声をかけざま、突っこんでいった。うしろに勇七が続いた。

三人相手だったが、文之介と勇七は力を合わせて戦い、悪たれどもを追い払った。

「お春、大丈夫か」

お春は泣いていたが、文之介を見て笑みをつくってくれた。

「ええ、大丈夫よ、ありがとう」

「もう追い払ったからな、心配するな」

三人で三増屋に向かって歩きはじめた。

「しっかしあいつらも馬鹿だよな。お春をいじめたら俺らにこてんこてんにのされるのがわかっているのに、何度も繰り返すんだから。まあ、頭が悪いんだろうな。親の顔が見たいもんだぜ。きっと馬鹿そうな面、してるんだろうな」

調子に乗っていったところ、お春が足をとめ、文之介に向き直った。

「あまり人の悪口、いわないほうがいいと思うわよ。特に親は関係ないもの」

「親が悪いから、子もあんなになっちまうんだよ」

「そうかもしれないけど、でも悪口はやめたほうがいいと思うわ」

「なんだよ、あいつらはお春をいじめてたんだぜ」

「それでも、悪口はよしたほうがいいわ」

「なんだよ、馬鹿を馬鹿っていって悪いのかよ」

「そういうのはその人の前でいいなさいよ」

「なんだ、お春、助けてやったのにずいぶんとえらそうな口、きくじゃねえか」

そういった途端、文之介の頬が鳴ったのだ。

「だったらもう助けてくれなくていいから」

いいざまお春は一人で走っていってしまったのだ。

文之介は勇七を見あげた。

「怒らせちまったな。やっぱり悪口はまずかったかな」

「うん、きいててあまり気持ちのいいものじゃないのは確かだな」

そのとき、文之介は人の悪口をこれから一切いわないことを心に誓ったのだ。

「ああ、そんなこともありましたねえ」

勇七が深くうなずく。

「誓ってからずっとその禁を破らずにいたのに、つい口が滑っちまった。勇七、勘弁してくれ」

「いえ、謝るのはあっしのほうです。どんな罰でも受けます」

「罰か。そうだな、じゃあ、そこの馬の糞を食え」

「えっ、本気ですか」

文之介は、勇七のその顔がおかしくて笑みをこぼした。

「冗談に決まってるだろう」

「いえ、でも旦那はまだ、あの、なんていうか……」

「子供みてえだから、っていいてえんだろ。馬鹿、ちっとは俺も成長したんだよ。そんなことさせるか。勇七にはこれからもずっと俺の中間でいてもらいてえからな」

勇七はさすがにほっとした顔を見せた。

「本当に許してもらえるんですか……」

「いいんだよ、気にするな」

「ありがとうございます。もう二度と手をあげるようなことはしませんから」

「それは困るな。俺がまちがったことをしたら、殴ってもらわんと」

「いや、もう二度としません」

「いいんだよ、遠慮なく殴ってくれ。そのときだけ子供に戻るってことさ。——ところで勇七、あのあと俺はどうやってお春と仲直りしたんだっけな」

勇七がにっこりと笑顔を見せた。

「お春ちゃんがいじめられているのを、また助けたからですよ」

六

町人の門人すべてを訪ね終えたが、源四郎の行方をつかめそうな手がかりは一つも得られなかった。

「勇七、今何刻だい」

「そうですね、さっき八つの鐘が鳴ったばかりですよ」

「えっ、もうそんなになるのか。昼餉の刻限をとっくにすぎてるじゃねえか。道理で腹が空いてるわけだ。勇七、なにが食いたい」

「いえ、あっしはなんでもいいですよ。旦那が食べたい物でしたら、あっしもおいしくいただきますから」

「そういやあ、勇七は全然好ききらいがねえよな。いいことだぜ」

「それは旦那もでしょう。なにを口にしてもいつもうまそうにしてますよ」

「なにを食ってもうまいんだから、しょうがねえな」

文之介は立ちどまり、あたりを見まわした。

「おい勇七、におわねえか」

勇七は鼻をくんくんさせた。

「鰻《うなぎ》ですか」

「だな。いいにおいさせてるじゃねえか」

「鰻って、夏の食い物なんじゃないですか」

「そんなのは決まってねえよ。夏に食えば精がついて暑さに負けねえってことでそういうふうになっちまってるが、鰻は年がら年中うまい食い物だぜ。冬が旬だときいた覚えがあるな」

「ああ、そうなんですか。じゃあ鰻にしますか」

そうしよう。文之介はずんずんと歩きはじめ、二つばかり路地を入ったところで足をとめた。

「ここだな。そそられるぜ」

文之介は暖簾を払って戸をあけ、勇七があとに続いた。

刻限が刻限だけにそんなにこんではいなかった。文之介たちは沓脱ぎで草履を脱ぎ、座敷のまんなかに陣取った。

「けっこう広い店だな」

天井も高く、太い梁《はり》が三本ばかり通されている。座敷は二十畳は優にあり、三十人は楽に座れる広さがあった。柱は黒光りし、何代にもわたって鰻を焼き続けてきたという年季とでも呼ぶべきものが刻みつけられていた。

「おい勇七、これはいい店に入ったんじゃねえか」

勇七も見まわしている。

「そのようですね」

二人は、店にそれしかないという鰻丼を注文した。

四半刻ほど待たされたが、やってきた鰻丼は期待にたがわないものだった。

身はやわらかくほっくりとし、嚙むとよそよりやや辛いと思えるたれとまじっていつの間にか喉を通り抜けてゆく感じだ。皮も香ばしく、飯と一緒にほおばると上質の脂がにじみ出て、箸がとまらなくなってしまう。辛いたれも鰻の味を損なっておらず、しかも米本来の甘みを引き立てている。

もう一杯食べたいのを我慢して、文之介は箸を置いた。茶をすする。

勇七が心配そうに見ている。

「大丈夫ですか。しみませんか」

文之介は唇の傷にそっと触れた。

「ちっとはな。だがこの程度の傷なんざすぐに治るさ。気にするな」

文之介は、近くを通りかかった小女から茶のおかわりをもらった。

「しかしなんともまあ、うまい鰻だよな。親父の腕がいいのかな」

「そうなんでしょうねえ。あと、たれもすごくおいしかったですよ」

「うん、店がはじまって以来、注ぎ足し注ぎ足しつかってきてるってやつだな」

代を払い、文之介と勇七は満足して店を出た。二人して同時に振り返る。

「冨久家《ふくや》か。なかなかいい名じゃねえか」

また来よう、と勇七に告げて文之介は歩きだした。

「旦那、次はどうするんです。もう門人は残ってませんよ」

「そうなんだよな」

文之介は顎に手を当てて、思案した。

「一度大本に帰るか」

二人は、中之郷八軒町にある高倉道場に戻ってきた。

「通夜《つや》は今夜からかな」

文之介は道場を眺めてつぶやいた。

「そうときいてます」

「しかしこういっちゃあなんだが、師範代も自業自得っていう気がしねえでもねえな。乗っ取りをたくらんだのは事実なんだろうからな。おっと、こんなことといってるとまた悪口になっちまうか」

「師範代の川田には、女がいたんですよね。その女がなにか知っているなんてことはないですかね」

「その女なら鹿戸さんがききに行ってるよ。ただし、なにも知らねえのは会わねえでもわかるな。師範代が殺されたそのときが初対面じゃ、高倉源四郎に関して俺たちと大差ないさ」

「とすると、次はどうします」

「ふむ、ここに来ればなにか思い浮かぶんじゃねえかと思ったんだが、さすがにそうまくは運ばねえものだな。——いや、待てよ」

頭に手を当て、文之介は考えた。

「道場を出てゆくとき、源四郎は金がなかったっていってたよな」

「ええ、そうです」

苦い物を口にしたように文之介は顔をゆがめた。

「ちっきしょう、なんでいつもいつもこう気づくのがおせえのかな」

「なんのことです」

「源四郎は職を求めたんだよ。やつは転がりこむ場所が見つかったから、道場を出ることができたんだ」

「職を求めたって口入屋ですか」

「だろうな。やつは遣い手だ。その腕を生かせる仕事場を選んだにちげえねえ」

「用心棒ですか」

「それか、どこかよその道場に師範代として入りこんだんだろう」

文之介と勇七は、中之郷八軒町近辺にある口入屋をまわった。

そして、中之郷原庭町にある口入屋で源四郎が世話になっていたらしいのをききこんだ。

さっそくその口入屋に向かった。

店の名は岩間屋。冷たい風に揺れている暖簾を払い、戸をあける。

暗い土間は冷え冷えとしており、一段あがった奥にある畳敷きの間にも人はおらず、火鉢に火が入れられている様子もない。

ごめんよ。勇七が訪いを入れても誰も出てくる気配がない。

「なんだよ、留守にしてやがんのか」

「どうします、旦那」

「出直すしかねえな。近くで甘酒でも飲んで、体をあっためるか」

二人は外に出た。近所に水茶屋がないか、文之介はあたりを見まわした。

「うん、なんだ、あの野郎」

「どうかしましたか」

「いや、あの野郎なんだが、俺を目にした途端、身をひるがえしやがったんだ」

「うしろ暗いことでもあるんですかね」

文之介は、半町ほど先を急ぎ足で遠ざかってゆく小男を見つめ、それから振り返って暖簾を見た。

「ここのあるじか。あの野郎、やっぱり源四郎のこと、知ってやがるな」

文之介は勇七をともなって走りだした。

「おい、おまえ」

近づいて背中に呼びかけた。耳に届いているはずだが、男はきこえない振りをして足を進めている。

「おい、おめえだよ。きこえてんだろうが」

文之介は男の肩をがしっとつかんだ。

「えっ、はい、な、なんでしょう」

男はびっくりした顔で振り向いた。文之介は男をにらみつけ、すぐに微笑した。

「なかなか芝居がうめえな」

「芝居って、なんのことです」

「追ってきたのが俺だってわかってるのに、知らねえ振りして驚いたところさ」

「いえ、追われていたなんて、手前は存じあげませんでした」

「嘘つけ、といいたいところだが、まあいい。おめえ、口ぶりからして商人らしいな。なに屋だ」

「あの、はい、口入屋です」

「やっぱりか。名は」

男は菊蔵と名乗った。

「店の名は。どこにある」

「は、はい、岩間屋と。そちらです」

おずおずと指さした。

「おめえ、俺を見て体を返したな。どうしてだ」

「いえ、そんなことはしておりませんが」

「この旦那には、正直にお答えしたほうが身のためだぜ」

菊蔵をにらみつけて勇七がすごむ。

「は、はい」

ごくりと唾を飲みこんで菊蔵が体をやや引き気味にする。

「どうなんだ」

文之介が重ねてきくと、菊蔵はへえ、と腰を折った。

「高倉道場で人殺しがあったというのをききまして、道場の近所を訪ねて、なにがあったか詳しくきいてまいったのです」

「それで戻ってきたら、黒羽織が店の前にいて、これは源四郎のことをきかれると思って逃げだしたんだな」

「逃げだしたなんてとんでもない。あの、ふだん店を留守にするときはせがれにまかせているんですが、今、風邪をひいて臥せっておりまして、薬を頼まれていたのを忘れたのに気がついたものですから」

「おめえ、どうしてそんなに高倉道場のことを気にするんだ」

「いえ、あの、人殺しというのは滅多にあることではございませんので、やはりどういうことか知りたかったものですから」

「目が泳いでんな」

文之介はぎろりとねめつけた。

「嘘、ついてやがんな」

「いえ、そんな」

「おい、本当のことをいえ。さもなきゃ牢《ろう》に連れてくぞ」

勇七が鋭くいうと、はあ、とため息をつき、菊蔵は観念した顔になった。

文之介は菊蔵が口にする前に語りかけた。

「やっぱりおめえが源四郎に仕事を世話したんだな。どこに世話したんだ」

「ええ、はい、あの――」

菊蔵は小さな声で告げた。

「夜鷹の宿の用心棒だと。その宿はどこにあるんだ」

文之介の脳裏には、この前行ったばかりの弓五郎の宿が思い浮かんでいる。

菊蔵が口にした場所をきいて、文之介はうなずいた。

「やっぱりそうか」

「えっ、やっぱりと申されますと」

「うるさい、ちょっと黙ってな」

となると、あの騒ぎを引き起こした用心棒というのは、高倉源四郎だったのだ。

そういえば、と文之介は思い起こし、唇を噛《か》んだ。あの弓五郎という宿のあるじと話していたときに感じた目。あれは源四郎のものだったのだろう。あのときやつはあそこにいたのだ。

「弓五郎にときを稼がれたな」

文之介はぽつりとつぶやいた。

「よし勇七、行くぞ」

へい、と答えて勇七が駆けだそうとする。

「あの、源四郎さまをとらえに行かれるんですよね」

二人を引きとめるように菊蔵が問う。

「そうだ。なんだ、なにか伝えることでもあるのか」

「いえ、そういうわけではございませんで」

口入屋のあるじは悲しそうな目をしている。

「なんだ、どうした」

「いえ、あの、道場からおたつさんや正助ちゃんが追いだされたのを源四郎さまに伝えたのは手前なんですよ。源四郎さまのあの目を見たとき、こんなことになるんじゃないか、って思ったんです。伝えなきゃよかったんですかね」

「そんなのはわからんな。だがおめえが教えずとも、いずれ源四郎の耳に入っていただろう。おそいかはやいかの差でしかねえ。まあ、あんまり気に病むな」

菊蔵の肩をぽんと叩いて、文之介はだっと駆けだした。


弓五郎の宿に源四郎はいなかった。文之介は応対に出てきた弓五郎の言を信用せず、広い宿のなかすべてを捜したが、源四郎の姿はどこにもなかった。

「おめえ、行く先はもちろんきいてるんだろうな」

「いえ、とんでもない。知りませんよ」

「おい、とぼけるんじゃねえぞ」

文之介は懐から十手を取りだし、ちらつかせた。

「またときを稼いでるんじゃねえだろうな。ほんとうのことをいわねえと、牢に連れてくぞ」

口を閉じるや文之介は勇七を振り返った。勇七は腰の捕縄を手にし、いつでも捕縛できる姿勢を取っている。

「いえ、そんな。牢なんておっかないこと、口にしねえでくだせえよ。本当に知らないんですから。これまでの労銀をもらうだけもらって姿を消しちまったんですよ。行く先については一言もいっていませんでした」

どう思う、と無言で問いかけて文之介は勇七を見た。勇七は、嘘ではないみたいですね、というように首を縦に振った。

十手をしまい、文之介は弓五郎に目を向けた。

「源四郎の旦那に出ていかれて、あっしとしても困っているんですから」

「柿助一家か。なるほど、源四郎がいなくなったと知ったらまた、縄張を狙《ねら》ってきやがるだろうな」

文之介は、宿に夜鷹たちが集まりはじめているのを知った。

「女たちに話をきかせてもらおう」

宿に来た七人ほどと会った。

「いえ、知りませんねえ」

「ええ、あたしはあまり話をしたことがなかったんでねえ」

「いたっていってもほんの十日にもならないくらいですから、行方を教えてもらえるほど親しくはならなかったですよ」

なにか知っているようにも思えたが、七人の口は重く、なにも引きだせなかった。

七

結局、文之介は重い足を引きずるようにして屋敷に帰ってきた。

「お帰りなさい」

「なんだ、お春、いたのか」

「いちゃ悪いの」

「いや、そんなことはないさ。そのかわいい顔を見られて、うれしいよ」

「ありがとう」

父の肩をもみながらお春がにっこりと笑う。瞳が行灯《あんどん》の灯《あか》りを映してきらきらと輝き、まるで畳の上に光が漏れこぼれているようだ。ああ、きれいだな、と文之介は見とれた。

「どうしたの、ぼうっとしちゃって」

文之介はお春を見直した。

「いや、火鉢のせいさ。あったかいものだからさ、ちょっとな」

父が顔をあげ、にやりと笑う。見透かされたのがわかって、文之介は目をそらした。

「おい、文之介」

丈右衛門が呼びかけてきた。

「道場の師範代殺しを調べてるんだよな」

「どうしてご存じなんです」

文之介はじっと丈右衛門を見た。

「襲ってきたのが高倉源四郎、というのがおわかりになったのですね。どうしてです」

「今日、思いだしたのさ」

「なぜ源四郎は父上を襲うのです。教えてください」

父が首を動かし、お春を見た。

「お春、もういい。ありがとう。文之介に送っていってもらいなさい」

一緒に話をききたげだったが、お春は素直に立ちあがった。

文之介も腰をあげ、お春とともに夜道を歩きはじめた。風はないが、夜気は氷が張りつめているかのように冷たく、身を縄で縛るかのように締めつけてくる。

「なあ、寒くないか」

「寒いわよ、冬だから当たり前でしょ」

「抱き締めてやろうか」

「なにいってるの。もしやったら、御番所に訴えるから」

「親切でいってるのに、まったく大袈裟《おおげさ》な娘だぜ」

「すけべ心でしょ。――ねえ、わかった」

一瞬、なにを問われているのかわからなかった。ああ、父の女のことだ。

「いや、まだだ」

「駄目ねえ」

「いや、そういわれてもこっちにも仕事があるんでな」

「じゃあ、私が調べようかしら」

「馬鹿、やめとけ」

文之介はあわててとめた。

「馬鹿とはなによ」

お春が腕を組み、にらんできた。そんな仕草にもえもいわれぬかわいさがあって、文之介は下腹がたぎってくるのを感じた。

「まずいな……」

あさっての方向を向いて小さく口にした。

「なにがまずいの」

お春が耳ざとくきいてくる。

「いや、なんでもない。ちょっとこっちの事情だ」

文之介は歩きだしたが、提灯を高くあげて、できるだけ遠くを照らすようにした。

「ちょっとそんな持ち方じゃ、目の前が見えないじゃない」

「いや、いいんだよ。今はこの持ち方がはやってるんだ」

「えっ、そうなの。そんなの、きいたことないけど」

お春は気づかず、うしろをついてくる。文之介は孟子《もうし》を思いだし、そらんじはじめた。

「ねえ、なにぶつぶついってるの」

「いや、探索がうまくいくように呪文《じゅもん》を唱えてるんだ」

「ふーん、そんなのあるんだ」

お春がいって、少し残念そうに続けた。

「でも見つからないのは悔しいわね」

「すまん」

「あなたね、そうやってすぐ謝っちゃうから駄目なのよ」

「へいへい、すみません」

文之介はおどけるようにいい、そうだ、とお春を振り返った。下腹のたぎりはもう取れている。

「あのさ、お春をずっといじめてた三人組、いただろ。あいつらって、今なにをしてるんだ」

「気になるの。今はもう三人ともお店の奉公人よ。まじめに働いてるらしいわ」

「お店の奉公人か。ときがたてば、あの悪たれどももそうなるのか」

「悪たれっていってもかわいいものよ。私が好きでいじめてたんだから」

「やっぱりそうだったのか」

文之介はお春を見た。

「今でも同じ気持ちなのかな」

お春がくすっと笑った。

「妬《や》いてるの」

「馬鹿いうな」

「図星だったみたいね」

文之介を見るお春の瞳が、暗闇のなか一際明るく輝いた。

「安心していいわよ。あの三人とはもう滅多に顔を合わせることはないから。どういう店で働いてるのかもよく知らないの」

お春を三増屋に送り届けて、文之介は急ぎ足で組屋敷に戻った。

なぜ源四郎は父を狙うのか。さっそく丈右衛門に話をきこうとしたが、父は火鉢のある座敷にはいなかった。火鉢の炭はすでにうずめられている。

「どこへ行ったのかな」

まさか出かけたわけではあるまい。

文之介は丈右衛門の部屋の前に行き、襖をそっとあけた。

父は夜具のなかだった。すうすう、と気持ちよさそうに寝息を立てている。狸《たぬき》寝入りなどではなかった。

文之介は部屋に押し入り、丈右衛門の尻を蹴《け》りつけて起こしたかったが、さすがに父親だけにそういう真似はできなかった。

八

もう弓五郎の元に手はまわっただろうな。

源四郎はどこに行くか、考えた末、一軒の長屋を選んだ。

もしかしたら、商売に出かけたかもしれない。

もしそうだったら、素直にあきらめ、旅籠《はたご》でも見つけるつもりでいた。

左手の四番目の店の前に立った。障子戸を通して淡い明かりが地面に漏れこぼれ、源四郎の影を背後に薄くつくっている。その影のはかなさが源四郎には、自らの将来を暗示しているような気がして胸に刺さった。

「お理以さん」

源四郎は障子戸を小さく叩いた。しばらく間を置いて、返事があった。ほとんど来客のないお理以の戸惑いが出ているような声だ。

「源四郎だ。わかるかい」

源四郎はつぶやくような声を障子戸にぶつけた。

身じろぎする気配が障子戸の向こうから届き、影が立った。戸が静かにあく。

お理以が顔をのぞかせた。

「どうしてここに」

「いや、お理以さん、ずっと休んでいるからさ、様子を見に来たんだ」

源四郎は顔を伏せた。

「いや、嘘だ。――もう弓五郎の宿はやめたんだ。暇をもらった」

「どういうことです」

なにがあったのか源四郎は伝えようか、迷った。

そのときお理以がうしろを気にした。子供が寝ているらしい夜具が見えた。

「まだ治らんのか」

お理以が悲しげにまつげを伏せる。

「そうなんです。熱が下がらなくて」

「医者には診せたのか」

いいえ、とお理以が首を振った。

「どうして」

いいながら源四郎はさとった。

「金か」

源四郎は懐から巾着《きんちゃく》を引っぱりだした。

「金ならある。今から診せに行こう」

「でも」

「遠慮などするな。どうせ俺にはいらん金だ」

入っていいか、と源四郎がきくと、お理以は、どうぞ、と戸を横に滑らせた。

源四郎はすり切れた畳にあがり、男の子の枕元にひざまずいた。手ぬぐいが置かれた額に手を当てる。そんなにひどくはないが、ふつうの熱ではないのは確かだ。

「この熱はずっと続いているのか」

「はい、もう四日くらいです」

寝息もぜえぜえと喉を鳴らし、苦しげにきこえる。

源四郎は子供を抱きあげた。二歳とはいえ、驚くほど軽かった。

「かかりつけの医者は」

「いえ、いません」

「この近くに医者は。腕がいいと評判の医者はおらんか」

「一人います」

子供を横抱きにした源四郎は、お理以のいう医者の家に向かって駆けた。

すでに戸は閉まっていた。源四郎は子供をお理以に預け、どんどんと戸を叩き続けた。

女房らしい女が出てきて、すぐに医者に知らせた。医者はもう酒が入っているようだったが、それでも部屋のまんなかに子供を寝かせ、薬箱をひらいて、てきぱきと診てくれた。

「ちょっと肺がやられてるかな」

「危ないのか」

「いや、あと一日二日放っておいたらどうなったかわからんがな」

医者は酒臭い息を吐きつつも、にやりと笑った。自らの腕をかたく信じている、余裕の笑みだ。

薬を煎《せん》じて飲ませ、帰ったあとどうすべきか源四郎に指示をした。

「あんた、この子の父親か」

代を払う源四郎にきいてきた。

「いや、ちがう」

「そうだろうな、父親というにおいはまるでないものな」

どういう関係かききたそうだったが、源四郎は礼だけを述べて医者の家を出た。

「ありがとうございました」

せがれをしっかりと両腕で抱えたお理以が涙をためて頭を下げる。

「いや、礼をいわれるほどのことじゃない」

源四郎は懐を探り、医者から与えられた薬を見せた。

「飲ませ方はきいていたよな。忘れんように飲ませてやることだ」

源四郎は手を伸ばし、お理以の懐に差し入れた。お理以はかすかに身をかたくしたが、
ありがとうございます、と低頭した。

長屋に着いた。お理以はなにもいわず、源四郎を上にあげた。

夜具に寝かせられた子供の額に、源四郎は手をやった。あまり変わっているとは思えなかったが、それでも、寝息はさっきとはくらべものにならないほど穏やかなものになっていた。

「もう大丈夫みたいだな」

「ありがとうございます。源四郎さんのおかげです」

かまどのそばに立っているお理以がこうべを垂れる。

「いや、礼ならもう何度もきいたよ」

お理以が茶をいれ、湯飲みを源四郎の前に置いた。

「どうぞ、召しあがってください」

「ありがとう。ちょうど喉が渇いてたんだ」

源四郎は口をつけ、そっとすすった。苦いが、それが逆にうまく感じられる。

「おいしいですか」

「ああ」

源四郎を見つめてお理以が小さく笑う。

「なにがおかしい」

「だって源四郎さん、無理してるから。安いお茶だもの、おいしいはずないのに」

「いや、うまいよ。本当だ」

湯飲みを手にしたまま源四郎は目を転じた。

「この子の名は」

「郁太郎《いくたろう》です」

「かわいい名だな」

「ありがとうございます」

お理以が笑みを消し、真顔になった。

「でもどうしてここに。元締から暇をもらった、といわれましたけど」

面を伏せ、源四郎は湯飲みを置いた。

「正直に話すから、驚かずにきいてほしいんだ。実は——」

腹に力を入れて源四郎はすべてを語った。

「そう、人を……追われているんですか」

お理以が悲しげにうつむいた。

「お理以さんがいやだというんなら、今すぐ出てゆく」

えっ、とお理以が驚いたように顔をあげた。

「いえ、いてください。でも、まだ質問にお答えになっていませんよ」

お理以の言葉の意味を、源四郎は下を向いて考えた。

「なぜここに来たのか、か。——お理以さんのことがずっと気にかかっていたからだ。どうしているか様子を見に来たというのは嘘ではない」

そうでしたか。お理以がうれしそうにほほえんだ。源四郎には、その笑顔が神々しく見えた。

「今宵は泊まっていってください」

「いいのか」

お理以はこっくりとうなずいた。

「食事は」

まだだ、と源四郎がいうとお理以は手ばやくつくってくれた。冷や飯に豆腐の味噌汁、それに大根の漬物という質素なものだったが、源四郎にとって久しぶりに食べるご馳走《ちそう》のように感じられた。

その夜、源四郎は掻巻《かいまき》をもらって、部屋の隅で寝た。横で夜具を敷いてお理以が眠っている。

いや、眠っているのかはわからない。ときおり寝返りを打つのがわかるが、寝息は立てていない。

源四郎は軽く息をつき、寝返りを打った。目をみはる。闇のなかでお理以がじっと見つめていたからだ。

「来て」

ささやき、体をずらして横をあけた。

「しかし」

「いいのよ。私なんかじゃいや」

すぐさま源四郎は首を振った。

「はやく」

源四郎はお理以の夜具に横たわった。お理以がからみついてきた。源四郎はこれ以上ないあたたかみに包まれたのを感じた。


四半刻後、お理以が源四郎の胸に頭を預けていた。

「はじめてだったのね。ごめんなさい」

「どうして謝る」

「だって、私なんかがはじめての女なんて……」

「そんなことはない。お理以さんは心がきれいだ。俺はあんたでよかったと心の底から思っている」

「ほんと」

「ああ、本当だ」

お理以が抱きついてきた。

「抱いて」

源四郎は腕に静かに力をこめた。

九

文之介は振り返って又兵衛を見た。

馬上の又兵衛は陣笠《じんがさ》をかぶり、野羽織、野袴《のばかま》という姿をしているが、これまで見たことのない凜々《りり》しさをあたりに散らせている。

もともと敬意を抱いてはいるが、文之介はあらためて見直す思いだった。

文之介たち同心も、白の鉢巻に白の襷《たすき》、鎖帷子《くさりかたびら》を着けるなど、捕物にふさわしい格好をしている。こういう格好をしたのは久しぶりで、緊張に体が締めつけられている。

うしろで勇七もこわばった顔をしていた。

「大丈夫か」

少し心配で文之介は声をかけた。

「ありがとうございます。大丈夫です。それより、旦那のほうが顔がこわばってますよ」

「仕方ねえよ。相手が相手だ」

顔を向け、文之介はもう一度又兵衛を見た。

今日の午前の四つ頃《ごろ》、源四郎の居どころがわかったのだ。

又兵衛の命で突棒《つくぼう》や刺叉《さすまた》、袖搦《そでがらみ》などを手にした捕り手およそ三十名が集められ、ここ本所長岡町《ながおかちょう》一丁目の長屋を急襲することになったのだ。

日はすでに中天をすぎたところにある。今日の陽射しは冬の割にかなり強く、文之介たちも濃い影を路上につくっていた。厚着をしていることもあるのか、体もぽかぽかとあたたかだった。

しかし、目の先に建つ長屋からは冷気が漂い出ているような気がした。

やつはいるのだろうか。ふつうなら確実にいるのを先に確かめてから捕り手が出る、という順になるのだが、今回それをしなかったのは、高倉源四郎がとんでもない遣い手で、かすかな気配にも気づいて逃げだしかねないとの危惧《きぐ》があったからだ。

果たしているのだろうか。もう逃げてしまったなどということはないのだろうか。

そうであってくれ、という気持ちもないわけではない。あの男とまともにやり合ったら、捕り手に確実に犠牲が出る。

俺が最初に乗りこむしかない。

腹を決めて文之介はごくりと息をのみ、腰の長脇差に触れた。その感触がわずかに安堵の思いをもたらせた。

又兵衛が空を見あげた。ときをはかっている表情だ。

さっと腕を振る。

「勇七、行くぞ」

文之介は十手を手に真っ先に飛びだした。

木戸をくぐって路地に飛びこみ、お理以という夜鷹が住む店の前に立つ。うしろに勇七が続いた。

「旦那、あっしが」

「いや、いい」

「いえ、あっしが先に行きます」

駄目だ、といいかけて文之介は口を閉ざした。勇七の目には文之介を黙らせるだけの迫力がたたえられていた。

勇七が文之介を押しのけるようにして戸に近づき、叩いた。

「御用だ。あけるぜ」

いいざま勇七が力をこめて戸を引いた。

からりとあき、勇七がだっと入ってゆく。文之介はその背を追った。

「なんなんですか」

畳の上に女が立ち尽くしている。そばに小さな子供が寝ている。おびえたように起きあがり、女の太ももに抱きついた。

「おい、高倉源四郎はどこだ」

鋭い声で勇七がただす。

子供を抱き締めつつ、女が畳にへたりこんだ。

「もう出てゆきました」

「いつだ」

これは文之介がきいた。

「明け方です。私に迷惑はかけられないからって……」

「どこへ行った」

女が力なく首を振った。

「わかりません。私もきいたんですけど、知らないほうがいいって」

女がしくしく泣きはじめた。

「私も連れていってほしかった」

涙をこぼしつつ嘆く。

「でも足手まといになるのはわかっていましたから……」

次々に捕り手が飛びこんできた。せまい店は人いきれで一杯になった。

吾市が来て、文之介にきく。

「いねえのか」

「はい」

「どこへ行ったかも、その顔じゃわからねえみてえだな」

「そういうことです」

吾市が苦々しげににらみつけてくる。

「またかよ。おめえの持ってくるこの手の手がかりはいつも空振りだな」

文之介自身、地団駄《じだんだ》を踏みたくなるほど悔しかったが、源四郎がいなかったことでやはりほっとしている。

「ここにいるって知らせをよこしたのは誰っていったかな」

首をかしげて吾市がきいてくる。文之介は女をはばかって吾市を外に押しだした。

「なんだ、おめえ、なにしやがんだ」

文之介は無視し、路地で吾市と相対した。

「鹿戸さんのいう通り、ここに源四郎がひそんでいるらしいのがわかったのは、たれこみですよ。それがしが夜鷹の宿にもう一度話をききに行ったときのことです。たれこんだのは、あのお理以と同じ夜鷹で、おせんという女です」

「へえ、夜鷹が仲間を裏切ったのか。うらみでもあったのか」

「褒美にはなにがもらえるんです、ってきかれました」

「なんだよ、金目当てか。その女もなかなかやるじゃねえか」

もっとも、事情に詳しい夜鷹によれば、たれこんだおせんという女は金目当てとはいったものの、どうやら源四郎にいい寄って、袖にされたらしい。

「しかしおめえもよ――」

唇をゆがめて、吾市が文之介を見る。

「もちっとましな手がかりを仕入れてこいや。おめえの手がかりで振りまわされるのは、もうごめんだぜ」

文之介の額《ひたい》を指で弾くようにして、吾市が歩き去っていった。

「あの野郎」

にらみつけたのは勇七だった。

「ちっと絞めてやんなきゃ駄目だな」

「馬鹿、勇七、やめとけ」

文之介は笑って止めた。

「でも目に余りますよ」

「いいんだよ、気にするな」

文之介は声をひそめた。

「俺を殴るのとはちがうぜ。おめえ、本当にお役御免になっちまう」

わかりました、と勇七が答えた。

「しかしおめえ、さっきは怖い顔で見てくれたな」

「なんのことです」

「店に踏みこむときだよ。俺を殺すような目でにらみつけやがったじゃねえか」

「だって旦那は一番に飛びこむつもりだったんでしょう。中間のあっしが旦那にそんな真似、させられるわけないでしょうが。もし旦那に万が一のことがあったら、あっしは生きてられませんよ。それだったら、先に飛びこんで死んだほうがましですから」

「万が一なんて大袈裟をいいやがる」

「旦那は死を覚悟してたんですよね。ほかの者を死なせるわけにはいかないからって」

文之介は勇七を見直した。心のなかを爽快《そうかい》な風が駆け抜けてゆく。それとは裏腹に胸が熱くなり、涙がこぼれそうになった。

「なんだよ、ばれてたのか」

下を向いていった。

顔をあげると、あたたかな瞳にぶつかった。

「当たり前ですよ。いったい何年つき合ってると思ってるんです」

文之介たち捕り手は、本所長岡町一帯のききこみ、探索をはじめた。

お理以も自身番に連れてゆき、又兵衛自ら事情をきいた。

しかし結局、源四郎の居どころに結びつけられるだけの手がかりは得られず、お理以の口からも捕縛につながるような言はきけなかった。

文之介ははやめに奉行所に戻り、勇七とわかれた。先に戻っていた又兵衛に一日の報告を行い、さらに日誌を記した。詰所を辞し、奉行所をあとにした。

夜の気配が徐々におりてきていたが、まだ日は西の空にわずかながらも残っているようで、町のあちこちにかすかな明るみが残っている。空に月はないが、提灯は必要なかった。

「文之介の兄ちゃん」

あと少しで組屋敷というところで、子供たちがあらわれた。いつもの六人組だ。

「ずいぶん久しぶりだね」

文之介を見あげて仙太《せんた》がにこりと笑った。

「そうだな。そういえば長いこと会ってなかったな」

会うときはよく会うが、会わなくなるとまるでかどわかされたみたいに顔を見なくなる。

「疲れた顔、してるね」

「そうか……」

文之介は両手で顔をつるりとなでた。

「お調べはうまく進んでないんだね」

「俺の場合、すらすら調子よく進む探索っていうのがまずないんだよ」

「無能なの」

文之介はずっこけそうになった。

「仙太、おまえ、人を見てものをいえよ」

「そのつもりだけど」

「おまえ、なんかいい方が勇七に似てきやがったな」

「ゆうしち……ああ、文之介の兄ちゃんについてる中間か」

「それにしても仙太、おめえ、無能なんてずいぶんむずかしい言葉、知ってるじゃねえか。手習所で習ったのか」

「まあね」

文之介を仙太が見つめてくる。

「今、忙しい」

「いや、今日の仕事は終わった」

「ねえ、おなか空いてない」

「ぺこぺこだ」

文之介は答えながら気づいた。

「おまえら、そういうことか。なんでこんな刻限にたむろしてるのかと思ったが、そうか、俺に飯を食わせてもらおうって魂胆か。駄目だ、駄目だ、母ちゃんに食わせてもらえ」

「でも文之介の兄ちゃん、今日、母ちゃんたち帰りがおそいんだよ」

必死の顔で保太郎《やすたろう》がいい募る。

「たち、だって。どうして」

「芝居見物なんだよ。そのあとおいしい物を食べてくるみたい」

「おまえらをほっといてか。さすがにおめえらのおっかさんだな」

「でも気持ちはわかるんだよ」

寛助《かんすけ》がかばうように口にする。

「前からみんな楽しみにしてたんだ」

なるほどな、と文之介は納得した。

「確かにおまえらみたいなのをいつも相手にしてたら、年に一度くらい息抜きがほしくなるだろうな」

「一度じゃないけどね。だいたい三度ってところかな」

わかったよ、と文之介はいった。やったーと子供たちが歓声をあげる。

「ただし、安いのだぞ。俺だって懐具合は豊かとはいえんのだからな」

文之介は子供たちを見渡した。

「なにが食いたいんだ」

「この前食べた天麩羅蕎麦《てんぷらそば》」

子供たちはあらかじめ決めてあったようで、声をそろえた。

「いいな。いや、ちょっと待て」

文之介は子供たちに背を向け、懐から財布を引っぱりだした。中身をあらためる。

「なんだ、ほんとに持ってないね」

横から仙太がのぞきこんでいる。

「うるさい。その貧乏同心にたかろうとしているのはおめえらだぞ」

「ねえ、そんなので足りるの」

仙太は本気で心配している。

「案ずるな。足りなきゃ、あそこのおばさんはつけでも食わせてくれるさ」

よし行こう。文之介は子供たちに声をかけ、歩きだした。

子供たちと食べる天麩羅蕎麦はことのほかうまかった。文之介は満足して箸を置いた。

「文之介の兄ちゃん、ここの天麩羅蕎麦はほんと絶品だよね」

「おい、寛助、おまえも絶品なんて言葉つかえるのか。それも手習所か」

「そうだよ」

「おめえらがそんな言葉をつかえるようになるなんて、お師匠さんは相当教え方がうまいみたいだな」

「そうだよ、それに美形だよ」

「なに、女なのか」

「そう。今度紹介してやろうか。お師匠さん、独り身だし」

「それに若いよ。まだ二十歳じゃないのかな」

「本当か。そんなに若いのに、手習師匠なのか。おい、おめえら、本当に紹介するんだろうな。口先だけだったら、二度と天麩羅蕎麦は食わせねえぞ」

「まかしといて」

仙太がどんと胸を叩く。

「でも文之介の兄ちゃん、惚れちゃあ駄目だよ。だってお師匠さんは、おいらがお嫁さんにするんだから」

第四章　師走の月

一

高倉源四郎はどこへ消えたのか。文之介はずっと考えている。

あの男が行きそうな場所は、伯母と従弟が戻ってきた道場くらいしかなさそうに思えるが、そこには帰ってきていない。その気配もない。又兵衛の命で、今も人を張りつかせてあるが、そのくらい向こうも承知の上だろう。今さらのこのこ寄りつくとは思えない。

お理以は奉行所に連れてこられ、事情をきかれている。しかし、長屋や自身番で話した以上のことは口にしない。何度も同じことをきかれて疲れたのか、もはやなにも話そうとしなくなっている。貝のように口を閉ざしているが、ときおり言葉にするのは二歳のせがれのことだ。

会わせてください。顔を見せてください。あの子、ずっと病気だったんです。いえ、今も病気なんです。

せがれの郁太郎は自身番の町役人の元に預けられていた。又兵衛からの厳しい達しにより、大事に扱われている。

日に一度は郁太郎の様子を見に行くようにいわれている文之介としては、お理以は哀れでしかない。源四郎からなにも知らされていないのはまずまちがいなく、解き放ってやればいいのに、と思っているが、やはり源四郎を人殺しと知りつつかくまったというのは小さくない罪で、それがすぐにはせがれの元に戻されない大きな理由になっている。

取り調べには又兵衛の指示により、吾市が当たっている。吾市は張りきっており、吐かせる自信もあるようだが、犯罪者というわけではなく、荒っぽい調べはできない。

やはりなにもしゃべるまい。

もともと又兵衛もお理以がなにも知らないのをわかっていて、吾市にまかせたのではあるまいか。決して手荒な真似はしないよう、厳命してあるのがなによりの証《あかし》だろう。

奉行所の表門のところで、文之介はその考えを勇七に告げた。

むずかしい顔で勇七が首をひねる。

「そうなんですかねえ」

「なんだ、俺の考えに不満でもあるのか」

「いえ、そんな目をむかれるような大袈裟なことじゃないんですけど」

勇七が真剣な光を瞳に宿した。

「お理以さん、やっぱりなにか知っているんじゃないですかね」

「どうしてそう思う」

「高倉源四郎っていう男は、友人も知り合いもいない男ですよね。身を寄せる場所はこれまでどこにもなかったはずです。だからこそ、口入屋の紹介で弓五郎の宿に住みこんだんですよね」

まつげを伏せ、勇七が息を一つ入れた。

「そういう孤独な男が頼った女がお理以さんです。源四郎があの長屋を明け方に出ていったのは、おそらく嘘ではないでしょう。でも源四郎の逃げ道を用意したのは、やはりお理以さんなんじゃないか、って思えるんですがね」

「なるほど、一理あるな。また弓五郎のところへ戻ったとも考えられんし」

ふむ、と声を漏らして、文之介は顎をさすった。

「となると、源四郎はお理以の知り合いのところにいるのか」

「ええ、それもお理以さんが昵懇《じっこん》にしている者のところっていうのが一番に考えられるんじゃないでしょうか」

よし、と文之介は長脇差の柄を叩いた。

「ちょっと待っててくれ。今の勇七の考えを、桑木さまに申しあげてくる」

文之介は又兵衛からお理以の身辺を探る許しをもらった。

文之介は勇七とともに、お理以の長屋のある本所長岡町一丁目に向かった。

自身番に行き、町役人と会った。まず、郁太郎の様子を見た。夜具のなかでぐっすりと眠っており、肺の病が悪くなっているようなことはなさそうだ。

文之介は安心し、それからお理以の長屋の家主の住みかをきいた。

年若い町役人の案内で、表通りの一軒の家に入った。

文之介たちは座敷にあげられた。待つほどもなく家主がやってきて、頭を下げた。

「お待たせいたしました」

文之介はさっそく切りだした。

「お理以さんですか。ああ、このたびはとんでもないことをしでかしまして、手前どもも恐縮しております」

「そんなことはどうでもいいから、はやく答えろ」

申しわけございません。家主は舌で唇を湿らせた。

「お理以さんの出自でしたね。ええ、もともとは元御家人《ごけにん》のご新造だったんです」

「元というのは」

「ええ、それなんですが」

夫は小普請《こぶしん》組で、役職はなかった。ある月の晦日《みそか》、夫は逢対日と呼ばれる、組の上役が配下たちに仕事の斡旋《あっせん》をするための話し合いの日に、上役の屋敷へ出かけた。結局、上役はいつものように、いずれ折を見て、という言葉を返してきたにすぎず、職が与えられそうな見こみはまるでなかった。

また駄目か。妻の残念そうな顔を見るのは忍びなく、自分の屋敷には帰らず夫は組屋敷の外に出た。

疲れきった感じで道を歩いていると、幟《のぼり》をひるがえす茶店が見えた。懐具合はかなり心許ないものがあったが、それでも一休みしてゆこうという気になった。

「このときもし腰をおろさずにいたら、お理以さんも生まれたばかりの赤子を抱えて路頭に迷わずにすんだはずなんですが」

夫は一杯の茶をときをかけて喫した。さて、帰るか。気が重かったが、その気にようやくなった。

そのときだった。隣にいた商人が風呂敷包みを忘れていったのだ。

「まさかお役人、お理以の亭主は……」

「ええ、その通りなんですよ」

夫は代を払うや、その風呂敷包みを手にした。中身は上等の反物で、それを質にだし、五両の金を得たのだ。

「それが露見したのだな」

「そういうことです。ご亭主は侍の身分を奪われ、追放に決まりました。しかし、その前に切腹してしまったんですが」

それで家は取り潰《つぶ》しになった。

「しかし、なにゆえお理以は赤子を抱えて一人で暮らさねばならなかった。実家だってあるだろうに」

斜めうしろに控えた勇七もその通りだ、とばかりにうなずいている。

「そうなんですよ。お理以さんもいったんは実家に戻ったんです」

だが、すでに両親はなく、腹ちがいの姉が婿《むこ》を取って家を継いでいた。

「腹ちがいというと、どちらかが妾腹《しょうふく》か」

「お理以さんがそうです」

お理以はこの姉とは子供の頃から折り合いが悪く、それは長じてからも変わらなかった。結局一月半ほどで、赤子を連れて家を出た。

「その後は一膳飯屋や煮売り酒屋、料理屋などで働いていたみたいですが、体があまり強くなかったこともあり、いずれも長続きしなかったみたいです」

「それで今の境遇にまで落ちてきたのか」

いわれてみれば、お理以にはそういうつらさを存分に味わってきたような影があった。

文之介は、幸薄い女が哀れでならなかった。

しかし心を痛めてばかりはいられない。文之介は居住まいを正した。

「お理以が親しくしている者に心当たりはないか」

「いえ、手前は存じてないですねえ」

「もう少し考えてくれんか」

文之介は丁重に頼んだ。

「ああ、はい。申しわけございません」

家主は眉間《みけん》にしわを寄せ、下を向いた。きれいに剃《そ》ってある月代《さかやき》に汗が垂れている。隅に置いてある火鉢は大きめのもので、勢いよく炭が弾けていた。座敷は暑いくらいだ。

やがて顔をあげた。

「申しわけございません。手前にはやはりわかりません。あの、お理以さんのことでしたら、やはり長屋の者のほうがよろしいのではないか、と思えるのですが」

文之介と勇七は長屋に足を運び、店にいた者すべてに話をきいた。

同じ長屋の者のことということで、おしなべて口は重かった。

「いいか、お理以をはやく戻したいと思うのなら、正直にいうことだ。それ以外、お理以がこの長屋に帰ってくる手立てはないぞ」

文之介は額に汗を浮かべて説いた。

文之介の必死さが伝わったか、路地に集まった者たちが顔を見合わせた。

「ねえ、みんな」

肩幅があり、がっちりとした体格の女房が声をだした。

「こちらのお役人は、お理以さんのことを本気で考えてくださってるようだよ。ねえ、あたしらも本気で思いだしてみようよ」

その声に応じて、長屋の者たちがいっせいに思案をはじめた。

「よくお理以さんのところに訪ねてきていた者といったら、やはり青物売りの豪蔵《ごうぞう》さんでしょうか」

女房の一人が顔をあげた。

「ああ、そうね」

まとめ役らしい先ほどの女房が同意する。

「売りに来ていたんじゃなく、訪ねてきていたのか」

「ええ、はい。青物はただであげてるみたいでしたけど」

「ただで。どういうことだ」

「昔からの知り合いって感じでした」

「お理以の男か」

「いえ、それはないと思います。豪蔵さん、もう六十をすぎた年寄りですから」

「よく訪ねてきたといったが、それは二、三日に一度くらいか」

「いえ、ほとんど毎日です」

「今日は来たか」

「いえ。そういえば昨日も来てないですね」

文之介は勇七を見、低い声で語りかけた。

「気になるな」

「ええ、来てないというのは、お理以さんがとらえられたことを知ってるからじゃないですか。源四郎のやつ、そのごうぞうという男のところにいるような気がしますね」

文之介は女房に向き直った。

「ごうぞうの住みかを知っているか」

「いえ、すみません、知りません」

文之介は長屋の者たちを見渡した。

「誰か知っている者は」

一人も答える者はなかった。じっと見つめたが、豪蔵をかばうつもりではなく、誰もが本当に知らない顔をしていた。

「昔からの知り合いというと、お理以が御家人の妻のときということになるのかな」

文之介は勇七にささやきかけた。

「ええ、おそらくそういうことなんじゃないでしょうか」

「ならば、お理以の嫁ぎ先だった屋敷の近所をききこめば、ごうぞうの住みかはわかるかもしれねえな。しかし、武家屋敷にききに行くのはちとぞっとしねえな」

「この長屋の家主が知っているかもしれませんよ」

勇七の言にしたがって、文之介は家主のところに戻った。

「ごうぞうさんですか。いえ、手前は存じあげませんねえ」

その言葉をきいて勇七が顔をしかめた。

「ああ、そうだ。うちのやつが知っているかもしれません。よく青物を買ってますから。今、呼んできますので、少々お待ちを」

家主は立っていった。すぐに白髪が目立つ女をともなって戻ってきた。

「ああ、やはり豪蔵さんのことを知ってましたよ。よくうちに来る青物売りだということです」

「住みかを知っているか」

文之介は勢いこんで女房にたずねた。女房は驚いたように身を引いた。

「いえ、詳しくは知らないんですけど、でもどの町に住んでいるのかは前にきいたことがありますよ」

文之介は町名を胸に、家主の家を出た。

家主の女房は、お理以と豪蔵の関係も知っていた。

豪蔵は、取り潰しになったお理以の夫の家に中間として仕えていたのだという。主家がなくなってから豪蔵は中間づとめをやめ、今の商売に入ったのだ。

二

文之介と勇七は竪川《たてかわ》沿いの道を東に向かい、深川北松代町《きたまつしろちょう》四丁目にやってきた。ここはすでにかなりの田舎で、目に映る景色も緑がだいぶ濃いものになっている。

自身番で町役人から話をきいた。

「ええ、豪蔵さんでしたら存じてますよ。この町に移ってきて二年ほどになりますか」

「前はどこにいた。きいてるか」

「ええ、あの大きな声ではいえないんですが、取り潰しになった御家人のお家に仕えていたらしいんですよ」

文之介は勇七にうなずいた。まちがいなくお理以が懇意にしている豪蔵だ。

「今、長屋にいるか」

「ええ、いると思いますよ。出かけたところは見ていませんから」

「豪蔵は一人で長屋にいるのか」

自身番につめる五名のうち四名が首を縦に振ったが、一人の町役人がむずかしい顔をしている。

「どうした」

「いえ、あの、今朝はやくのことなんですが、若い浪人さんを連れて帰ってきたのを手前は見たんですよ」

「まちがいないか」

「はい、まちがいございません」

「今もその浪人はいるか」

「わかりません。あれから出かけてはいないとは思うのですが」

「豪蔵のところに案内しろ」

長屋は家が建てこんだ一角にあった。文之介は木戸の脇《わき》に立ち、町役人が指さす店を見つめた。

路地をはさんでそれぞれ八つの店が向き合う長屋で、そういう刻限なのか、路地に人けはない。どうやらいくつか空きがあるようで、障子戸が破れたままになっている。

空は雲に覆われており、陽射しはいつからかなくなっている。

西寄りの風が強まり、寒さが体を包みこもうとしていた。刻限は八つ半くらいだろうか。文之介は空腹を覚えた。昼餉《ひるげ》を食べていないのを思いだした。

腹の虫が抗議の声をあげるのを黙殺し、文之介はじっと長屋を見たが、なかに源四郎がいるのかはわからなかった。

「どうします、旦那、踏みこみますか」

「昨日のこともあるからな。大人数を繰りだして、また空振りなんてことは避けてぇが」

下を向き、文之介は考えこんだ。

「いや、ここは万全を期そう。勇七、桑木さまにこのことを伝えてくれ」

わかりやした。勇七はあっという間に駆け去った。

一刻後、付近は捕り手で一杯になった。

「いるのか」

横に立った又兵衛にきかれた。

「いえ、わかりません」

「でも文之介、よく知らせた。はやって勇七と二人で飛びこんだりしていたら、怒鳴りつけていたところだ」

又兵衛はてきぱきと指示し、三十名からの捕り手を木戸のところや長屋の裏に当たるところなどに配した。

「それがしにやらせてください」

文之介は店への一番乗りを申し出た。

さすがに又兵衛は心配そうな顔をしている。もし文之介に万が一があったら丈右衛門に合わせる顔がない、という表情だ。

「お願いします」

「よかろう、文之介、やれ」

ありがとうございます、と頭を下げ、文之介は勇七から手渡された鉢巻と襷《たすき》をした。

「よし勇七、行くぞ」

文之介は路地を進み、豪蔵の店の前に立った。勇七が前に出て、障子戸を叩く。

「御用だ、あけろ」

はいはい。いかにものんびりとしたしわがれ声が返ってきて、文之介は勇七と顔を見合わせた。

障子戸に影が映り、すっとひらかれた。

「おう、これはお役人」

目の前にいるのは、頭をつるつるにしている男だ。鬢のあたりにわずかに残っている髪の毛は白くなっており、額や目尻に刻まれたしわも濃く深く、この男がくぐり抜けてきたときの長さをあらわしている。

「豪蔵か」

勇七に代わって前に出て、たずねる。

「はい、さようです」

「一人か」

文之介はなかをのぞきこむようにした。豪蔵はよく見えるように体をずらした。

「こんなせまい店ですから、誰かが隠れているようなことはありませんよ」

「あがらせてもらっていいか」

「どうぞ、どうぞ」

文之介はなかを調べた。しかし源四郎がいたらしい痕跡《こんせき》を見つけることはできなかった。

文之介は路地に出て、又兵衛に誰もいないという合図を送った。路地のやや離れたところにいた又兵衛たちが近づいてきた。

「おらんのか」

「そのようです。申しわけありません」

「謝る必要などない」

又兵衛が豪蔵を見つめた。

「おぬし、今朝、若い浪人者をともなってこの長屋に戻ってきたそうだな。それは高倉源四郎か」

「はい、その通りで」

「やつはどこへ行った」

へい、と豪蔵は小腰をかがめた。

「昼前に出ていかれましたが、行き先は存じません」

余裕の笑みを浮かべて豪蔵が答える。

「本当か」

横から吾市がいきり立ったように問うた。

「へい、本当に存じません。おぬしに迷惑がかかるからいわんほうがいいのだ、とおっしゃって出ていかれましたから」

「やつは人殺しだ。そんな言葉をつかうんじゃない」

吾市が咎《とが》める。豪蔵は申しわけございません、とはいったものの平気な顔だ。

「吾市、ちょっと下がってろ」

又兵衛が命じ、吾市がうしろに控えた。

「どこへ行くか、源四郎は本当になにもいってなかったのか」

「へい、一言も」

「おい、豪蔵」

又兵衛が凄《すご》みのある声を発した。

「おめえ、親しい者は」

「えっ、あっしのですか」

「そうだ。おめえはお理以から源四郎を預かってくれるよう頼まれたんだよな。となると、おめえもそうなんじゃねえかと思ってな」

豪蔵は顔の前で手を振った。

「いえ、あっしは誰も紹介などしてませんよ。本当です」

「紹介したとかはどうでもいい。親しい者の名をあげろ」

「一人もいねえんですよ。寂しい独り者ですし」

「たとえば中間仲間はどうだ」

「あっしは主家一筋でした。そして、主家に仕えていた者はあっし一人です。ですから仲間というのはいません」

それからしばらく又兵衛は粘ったが、豪蔵は逃げきった。

「桑木さま、自身番にしょっぴきますか」

目をぎらつかせて吾市がきく。

「いや、よかろう。連れていったところで同じだ」

引きあげるぞ、と又兵衛が手を振った。

「しかししぶとい親父だぜ。無駄に歳は食ってねえや」

木戸を出て振り返った又兵衛はあきれ顔だ。

その後、北松代町から南松代町、亀戸村《かめいどむら》にかけて必死に行方を捜したが、源四郎は見つからなかった。

日が落ち、闇《やみ》が深まってきたところで今日の探索は打ち切りとなった。

文之介が屋敷に戻ると、丈右衛門が火鉢にまたがるようにしていた。

「おう、帰ったか。今日は夕方くらいから急に冷えてきやがったからな」

「お春は来てないんですか」

「来ていたが、日のあるうちに帰したんだ。残念か」

「いえ、そうでも」

「おや、そうか。お春のほうはおまえに会えなくて残念そうだったぞ」

「本当ですか」

文之介は目を輝かせた。

「なんだ、やっぱり会いたかったんじゃねえか」

丈右衛門が火鉢を持ちあげ、文之介のほうに寄ってきた。

「源四郎だが、つかまらんのか」

「ええ」

そうか。父はしばらく考えこんでいた。やがてあげた顔には決意の色が浮かんでいた。

「文之介、わしをおとりにしろ」

「できるわけがありません」

高い声できっぱりと告げた。

丈右衛門がいいきかせるように首をゆっくりと振る。

「いいか、やつの望みはわしの命だ。今はどこかに隠れているが、わしのもとに必ずあらわれるんだ。そこをとらえろ」

「無理です。あまりに危険すぎます」

「危険なのはわかるが、ほかに手があるか。それに、やつが襲ってくるのがわかっていれば、わしが殺《や》られるはずがなかろう。まともに立ち合えば、わしのほうが上だぞ」

「自信がおありなのですね」

ふむ、とつぶやいて文之介は考えた。草の根をわけるようにして源四郎を捜しだす。いつかは見つかるだろうが、その前に源四郎は父の前にあらわれているだろう。

それにとめたとしても、この父なら一人でもやりかねない。

それでも文之介にはためらいがあった。

「おい文之介。いいか、どんな手立てを取ろうと、やつがわしの前にあらわれるということに変わりはないんだ。それだったら、おまえたちに警固してもらったほうがわしとしても安心だ」

文之介は目を落とし、しばらく黙っていた。

「父上には、源四郎に殺られないという自信が本当におありなのですね」

「むろん」

「わかりました。桑木さまにはかってみます。やるかどうかはそれからです。よろしいですか」

「ああ、わしはそれでいい」

文之介はうなずき、丈右衛門を見つめた。

「その前に父上、高倉源四郎となにがあったのか話していただけますか」

よかろう。丈右衛門はいったものの、やや長い間を置いた。やがて決心したように顔をあげ、文之介を見返した。

「心してきいてくれ」

「承知しました」

しかし、きき終えた文之介は吐き気がした。

「それはまことですか」

事実なのははっきりしていたが、そう口にせざるを得なかった。

「ああ、まことよ」

文之介は息をのみ、ゆっくりと吐いた。

「高倉源四郎自身、その事実を知っているのでしょうか」

「どうだろうかな。いや、知ってはおらんだろう」

文之介も同感だった。育ての父である伯父伊太夫にしても、いくら死の間際といえ、そこまでは話せなかったのではないか。

「それにしても、最後の赤子がお春だったとは。救いだされた覚えが肌に残っているから、お春は父上になついてるんですね」

三

闇のなか源四郎は寝転がり、天井を眺めている。木目が人の顔に見えたり、得体の知れない獣のように映ったりした。

とんとん、と隣の壁が鳴った。

「旦那、起きてらっしゃいますか」

ひそめた声が耳に届く。豪蔵だ。

「ああ」

起きあがり、源四郎は低く答えた。

「おなかが空いたでしょう。今、戸のところに飯、持ってきますから」

「大丈夫か」

「ええ、夕刻に商売物を背負ってあたりを流してみましたが、それらしい者の姿は見当たりませんでしたよ」

「見張りを解いたのかな」

「いえ、はなっからいなかったのかもしれませんよ。まさか隣の空き店にいるとは、誰も思わなかったんでしょう」

「かもしれんな」

「——じゃあ、持ってきますから」

戸口のところで、物が置かれたかすかな音がした。

源四郎は少し間を置き、それから土間におりて心張り棒をはずした。戸をわずかにあけ、そこに置かれている丼《どんぶり》と箸《はし》、それに竹筒を手にした。

ほんの一瞬、闇の向こうから誰かが見ていないか探ってみたが、そんな気配は毛ほども感じられなかった。

戸を閉める。畳にあがり、あぐらをかいた。丼には大盛りの飯にたくあんが四切れ、のっかっているだけだ。それでも、生き返るな、と思ったほどうまかった。

じき昼飯にしますから、と豪蔵が支度をしようとしたときに、源四郎は胸騒ぎとでもいうべきものを感じ、どこか隠れられる場所はないか、きいたのだ。

それで豪蔵が案内したのがこの店だった。ここから隣の様子をうかがっていたが、別段なにごとも起こらず、壁越しに豪蔵も、取り越し苦労じゃないんですか、と声をかけてきたくらいだ。それでも自らの勘を信じ、源四郎は動かずにいた。

奉行所の連中があらわれたのは、七つをだいぶすぎた頃だっただろう。しかも、声からしてあらわれたのはあやつのせがれだ。さすがに息をひそめ、気配を殺していなければならなかった。

「おいしいですか」

豪蔵が壁越しにきいてくる。

「ああ、この上ないご馳走だ」

「本当は、もう少しいい物を召しあがってもらいたいんですけどね」

「いや、これで十分だ」

源四郎は食べ終えた。竹筒を傾ける。お茶ではなく水だったが、喉が渇いていただけにすばらしくうまかった。

「丼はどうしたらいい」

「外にだしてください。今もらいに行きますから。水は大丈夫ですか」

「ああ、まだたっぷりとある」

源四郎は立ち、外の気配を探ってから戸をあけた。そっと丼を置く。

戸を閉めてしばらくしてから、豪蔵が丼を持っていった気配が伝わってきた。もう一度竹筒から水を飲み、源四郎はごろりと横になった。店のなかは火鉢もなく冷えきっているが、豪蔵が貸してくれた掻巻があり、十分に寒さはしのげた。

実際のところ、豪蔵に迷惑をかけたくはなく、源四郎はどこかよそに行くことも考えた。しかし当てもなく、それにたいして金を持っているわけではない。

今所持しているのは、弓五郎からもらった金がすべてだ。旅籠に泊まることも考えたが、各所の高札《こうさつ》に人相が大きく記されているだろうし、江戸中の旅籠に人相書がまわっていることも十分に考えられる。町方にいつ踏みこまれるかを考えつつ逗留するのはいやだったし、御牧丈右衛門を討つまでできるだけ金は節約したかった。

肝心のとき、空腹でぶっ倒れる寸前なんてことは避けたいのだ。

どうやってやつを殺すか。

方法はもう考えてある。やつだって、近い将来俺が襲うことは知っている。あのせがれに手柄を立てさせるために、自らをおとりにすることも思案のうちだろう。

源四郎は不意に父のことを思いだした。赤子も同然の頃のことだからろくに覚えていないが、いつだったか父がつくってくれた粥《かゆ》がある。雑炊だったかもしれないが、あれはうまかった。

あのとき俺は多分、病を患っていたのだろう。それで父はあの粥をこしらえてくれたのだ。

「しかし父はなにをしたのか」

源四郎は声にだしていってみた。

「なにかおっしゃいましたか」

隣から声がかかる。

「いや、独り言だ。気にせんでくれ」

息をつき、源四郎は腕枕《うでまくら》をした。

そんな父をあの男は殺したのだ。とらえて仕置をするならともかく、その場で斬り殺したという。

刃引きの長脇差しか持っていないはずの町方同心が、犯人を斬り殺すというのは相当のことだ。おそらく父もかなりの抵抗を見せたのだろう。

だが、斬り殺したという、その無慈悲さが源四郎には許せない。仇を討たなければ父の無念は晴らせまい。その思いで心が一杯だ。

伯父は、父を殺した同心の名は教えてくれた。名がわかっていたから、その男を捜しだすのにさほどの労力を必要としなかった。

御牧丈右衛門。あの男を殺せば、それで俺の人生も終わりだろう。短かったと思う。

しかしそれでもかまわなかった。どうせ川田殺しで追われる身だ。

それに、俺は非情で酷薄な男だ。そういう男にふさわしい最期《さいご》を飾ってやる。

ふと、暗闇に女の顔が浮かんだ。源四郎は手を伸ばした。だが触れるものはなにもない。

ひそやかなあえぎ、体のあたたかみ、やわらかさ。源四郎はたまらない気持ちになった。

もう一度会いたい。もう一度この手で思いきり抱き締めたい。

しかし、それももはやできることではなかった。

四

どうも手のうちを読まれてる感じだな。

丈右衛門はふだんと変わらないきびきびとした歩きを心がけつつ、思った。

文之介が又兵衛に了解を取って、すでに五日になる。そのあいだ、夕暮れから夜にかけて丈右衛門は町を歩きまわった。

だが源四郎はあらわれなかった。

もしこちらの動きを読まれているのなら、やつが姿を見せることはまずない。

ここは腹をくくるしかないか。

丈右衛門はちらりとうしろを振り返った。五間《けん》ほどの距離を置いて、笊《ざる》売りの行商人の格好をした男がついてくる。

石堂一馬である。石堂はそのやさしげな風貌《ふうぼう》からは想像できないほど鋭い剣をつかう。刀は笊の入った籠《かご》におさめられている。

ただし、石堂では高倉源四郎に敵し得ないのはわかっている。それは文之介も認めている。石堂には、源四郎があらわれたら声をだす役目が与えられていた。

軽く息をつき、丈右衛門は顔を戻した。

文之介は今日は浪人のような格好をして、少し前を歩いている。うまく町の風景に紛れこんでおり、足取りも自然だ。

なかなか役者としての素質があるようだな、と丈右衛門は心でほほえんだ。

どの道筋を行くかあらかじめ決めてあるので、丈右衛門の姿を見ずとも、どう行けばいいか文之介が迷うことはない。

結局、夜になっても源四郎はあらわれなかった。五つ前に丈右衛門は屋敷へ帰った。

少しときを置いて文之介も戻ってきた。

「又兵衛はなにかいってたか」

目の前に正座した文之介にきいた。

「すぐにはあらわれぬことは覚悟されているようでしたが、明日で最後にしようといわれました。多分ばれている、とおっしゃいました」

「おまえもそう思うか」

「はい」

丈右衛門をじっと見て文之介がうなずく。

「源四郎は誘われているのを、明らかにさとっていますね。もしかすると、それがしのせいかもしれません」

「顔を知られているからな。しかしそういうことではあるまい。やはりあれだけの遣い手になれば、気配でわかるんだろう」

「となると、明日も無駄になりましょうか」

「考えたくはないが、おそらくな。仕方あるまい。とりあえず、明日もやってみよう」

翌日、声をだす役目は吾市に代わった。剣の腕には期待できないが、声をあげるくらいはやれるだろう。

丈右衛門の前を行く文之介は、旗本ふうの格好をしている。供が三人ついているが、そのうちの一人は勇七だ。

両刀を腰に差した文之介の格好は今日もさまになっており、あれならどこぞの旗本家に婿入りしてもそれなりに格好はつくのでは、と丈右衛門は感心した。

今日が最後ということで、夜の四つ近くまで粘って町を歩いてみた。だが、やはり源四郎はあらわれなかった。

鍛えているとはいえ、丈右衛門はさすがに疲れている。常に身辺に気をつかいつつ歩くというのは、ひどく気持ちをすり減らせるものだった。

「お疲れのようですね」

帰ってきた文之介が静かに笑っている。その笑顔には、なにごともなくてよかったという安堵の思いが刻まれていた。

「疲れてなどおらん」

「強がられなくともけっこうですよ」

「強がってなどおらん」

「はあ、そうですか」

「おまえのほうこそ、なんだ、その気の抜けた顔は。源四郎をとらえたわけではないのだぞ」

「はあ、申しわけございません」

「なんとも気のない返事だな」

小さく息を入れて文之介が背筋を伸ばした。

「父上、あらためて申しますが、明日からは警固はつきません。ですので、夜に限らず、一人歩きはおやめください」

「それは当主としての命か」

文之介が腹に力をこめる。

「さようです」

「ほう、いいきったな。父親に命ずるつもりか」

「その通りです。当主として隠居の父上に命じます。一人歩きは決してしないように」

「わかった、慎《つつし》もう」

まじめな顔で丈右衛門は答えた。あまりに素直にうなずいたので、これにも文之介はびっくりしたらしく、まじまじとのぞきこんできた。

「本気ですか」

「むろん」

文之介が顔を近づけ、見つめてくる。丈右衛門が本音をいっているか、明らかに判断しかねている。

「わかりました。父上を信じます」

文之介がきっぱりと口にした。

五

「では父上、行ってまいります」

文之介は丈右衛門に出仕の挨拶をした。

「おう、行ってこい」

「父上、それがしの昨晩の言葉はお忘れではないですよね」

口調に厳しさをこめて文之介は確かめた。

「もちろん覚えている」

かたじけなく存じます。文之介は笑みをつくり、頭を下げた。屋敷の外に出て、奉行所とは逆の道を取る。

今朝も冷えた。晴れ渡った空の向こうに雪をかぶった富士山《ふじさん》が見えている。

白い息を吐きつつ半町ほど行くと、角のところに勇七が立っていた。

文之介は足早に近づき、ささやきかけた。

「まちがいなく親父は出かけるぞ。一人で屋敷にじっとしていられるたちじゃないくせに、一人歩きは慎むとしゃあしゃあといってのけた」

それをきいて勇七がにこりと笑う。

「ご隠居らしいですね」

「頼むぞ、勇七。俺の尾行は下手くそなのか、どうも親父にはばれちまう」

「わかりました、まかせてください」

「俺は半町ほどあとを行く。なにかあったら仕草で知らせてくれ」

文之介はその場を離れ、勇七が屋敷に近づいてゆくのを見守った。

勇七は二軒隣の家の路地に身をひそめた。生垣越しに御牧屋敷を見つめている。

この尾行は又兵衛の許しを得ているが、これまでと同じ人数はかけられない。文之介と勇七のみだ。

丈右衛門はなかなかあらわれなかった。日が高くなり、寒さが少しだけやわらいできたが、それでも足の裏は氷を踏んでいるかのように冷たい。

昼をすぎ、太陽は西から出てきた薄い雲に隠れた。月のように輪郭が見えている。それにつれて風が強まり、大気が冷えてきた。空腹が増しつつある身にはかなりこたえる。

親父の野郎、なにやってんだ。出かけねえのか。

腹のなかで毒づき、文之介はその場で足踏みをした。いつからか尿意を覚えはじめている。空腹以上にきつい。

そこいらでしちまうかな。我慢するのは体に悪いともきいてるし。

だが、そういうわけにはいきそうもなかった。ほとんどの者が出払って組屋敷内は静かなものだが、どこに人目があるかわからない。御牧の文之介が人の家の生垣に小便をかけてた、などといった噂《うわさ》が広まってはたまらない。

勇七は空腹、尿意、ともに感じていないのか、背筋をまっすぐ伸ばした姿勢に変わりはない。

なにごともなくときがすぎ、太陽は雲に隠れたまま大きく西に傾いた。風はさらに吹き渡り、文之介の尿意は我慢できる限界に近づきつつあった。

ちっくしょうめ。親父の野郎、なにしてやがんだ。漏らしちまうじゃねえか。

文之介は真剣にどこか小便ができるところがないか、捜した。右手のせまい小路なら、入り組んだ屋敷の陰にさえぎられて、用を足せそうだ。

仕方あるまい。文之介はそちらに行き、前をくつろげた。

体から力が溶けだすような気持ちよさがあった。はあ、と嘆声をあげる。ただ、小便は延々と続いた。

おいこら、いつまで出てるんだ。文之介は小路から顔を突きだし、屋敷のほうを見た。

勇七がはっと体を動かし、生垣に頭を隠したのが見えた。

げっ、出てきたのか。こんなときに限って。

門のところに人影が立った。

父上だ。

勇七が振り返り、文之介を見ようとした。しかし文之介がそこにいないことを知って、戸惑いの顔になった。

文之介ははやく終われ、と手のうちのものをせかした。ようやく小便は尽き、小路から体をだした。

勇七が、なにをしているんです、とばかりに顔をしかめた。すまん、と文之介は手刀を切って、謝った。

門を出た丈右衛門は、いつもの調子で歩きだしている。隠居なんだからもっとのんびり歩けばいいと思うが、こればかりは習い性でどうにもならないのだろう。

腰に脇差を一本差しただけの気楽な着流し姿だ。寒さよけに厚手の羽織を着ている。

文之介は手のひらに、ぺっと唾《つば》を吐きかけた。

勇七がもう一度振り返り、こちらを見る。文之介は、頼むというようにうなずいた。

丈右衛門が屋敷から十間ほど遠ざかったのを確かめて、勇七が慎重に足を踏みだす。

組屋敷を出た丈右衛門は東へ道を取った。これはこの前と同じだ。あのときは永代橋を渡ってすぐに姿を見失ったのだ。

同じ轍《てつ》を踏みやしねえぞ。

文之介は決意を新たに、先を行く勇七の背中を見つめた。勇七なら自分と同じへまを犯しはしないだろう。

丈右衛門はさっさと歩いてゆく。今度こそ突きとめてやる。

女のところだな、と文之介は察しをつけた。

父は永代橋を渡りはじめた。往来は激しく、人にぶつかりそうになるが、丈右衛門はほんのわずかな動きですいすいとよけてゆく。川を通り道とする冷たい風に追われるように足をはやめたが、橋のまんなかをすぎたあたりでふと立ちどまり、欄干《らんかん》につかまった。強い風に鬢がほつれるのもかまわず、海のほうを眺めている。

勇七も足をとめ、上流のほうに所在なげな眼差しを送っている。文之介も橋の端に寄り、行きかう人たちを避けた。

欄干から手を離し、丈右衛門が歩きだした。橋を渡り終え、深川佐賀町に入る。

文之介は、勇七がやや間をつめるのを見た。文之介も足早に動き、勇七からほんの五間ほどまで近づいた。

ふと、丈右衛門が道ばたで遊んでいる三人の子供に声をかけたのが見えた。しばらく話してから懐紙を取りだした。

なにをしているんだ。

丈右衛門の様子を見て、文之介はいぶかしんだ。

丈右衛門が一人の子供に懐紙を渡した。それから巾着を取りだし、三人に金を渡した。子供たちににっこりとうなずきかけてから、また歩きだす。

金を手にして笑顔になった子供たちが立ちあがり、道をこちらに向かって歩いてきた。一人が懐紙をひらひらと振っている。

「勇七さん、勇七さん」

口々に呼んでいる。行きすぎる人たちはなんだ、という顔で子供たちを見てゆく。

勇七が文之介を振り向いた。

父から目を離さないようにしながら、文之介は勇七に駆け寄った。

「なにごとだ」

「いえ、よくわかりません」

勇七は顔をゆがめている。

「――いいですか」

横を通りすぎてゆこうとする子供たちを手で示す。ああ、と文之介は答えた。

丈右衛門が遠ざかろうとしている。このままでは見失いかねない。

「俺が勇七だ。どうした」

子供たちが勇七を見あげる。

「おじさんがこれを渡してくれって」

懐紙を差しだした。勇七が手に取り、目を落とす。

「なにも書いちゃありません」

「なんだ、さっぱりわけがわからんな。勇七、行くぞ」

「ちょっと待ってよ」

子供が文之介の袖《そで》を引っぱった。

「こら、なにをするんだ」

「お駄賃、ちょうだい」

三人が手のひらを突きだしてくる。

「どうしてだ」

「だって、その紙を渡せばお駄賃もらえるっていわれたんだもん」

文之介はあわてて懐を探った。財布をだし、一人に一文ずつあげた。ありがとう、と子供たちが遠ざかってゆく。

「よし勇七、行くぞ」

勇七が残念そうに首を振る。

「どうした」

「あの通りです」

丈右衛門の姿が見えなくなっていた。

文之介は、くそっ、と地団駄を踏んだ。父が消えていったほうをにらみつけてから、勇七に目を転じた。

「とうにばれてたんですね。すみません」

勇七が頭を下げる。

「謝ることなんかねえよ。でも、勇七でも駄目だったか」

「さすがとしかいいようがないですね。いったいどこで気づかれたのか……」

くそ親父め、と文之介は吐き捨てたが、心は心配の雲で覆われている。一人っきりのところを襲われたら、どうするつもりなんだ。

勇七、と文之介は呼びかけた。

「ここであきらめるわけにはいかんぞ。父上を捜そう」


文之介たちを撒《ま》き、深川佐賀町から深川相川町《あいかわちょう》を抜けて福島橋《ふくしまばし》を渡ったあたりで、丈右衛門は背中に目を感じた。

来たか。

丈右衛門は小さくつぶやいた。

どうすべきか。町はまだ明るい。すぐには襲ってこないだろう。

もとより丈右衛門に、お知佳のもとに行く気はない。お知佳の存在をもう源四郎は知っているのだろうが、それでも連れてゆくわけにはいかない。

どうするか。どこで襲わせるか。

もう一度考えたとき、眼差しが頭巾でもかぶされたように消えた。

丈右衛門は、むっと体を逆に緊張させたが、少しだけ気持ちが楽になった。

むろん油断はできない。

会いたいな。またも思いが募ってきた。今日は寄る気がなかったのに、足はとまらない。

道に立つ永代嶋《えいたいじま》（富岡《とみおか》）八幡宮《はちまんぐう》の一の鳥居を抜ける。八幡宮の門前までは水茶屋が軒を並べていた。名物である鰻や蛤《はまぐり》、牡蠣《かき》を焼くにおいが立ちこめている。鰻も好物だが、丈右衛門は貝に目がない。

しかし、今は食している場合ではない。八幡宮をすぎると、二十間川《にじっけんがわ》に架かる汐見橋《しおみばし》が見えてきた。

あれを渡れば、じき島田町《しまだちょう》だ。

立ちどまり、振り返る。目は感じない。やつはどこに消えたのか。

いや、どこかからきっと俺を見ている。

それだけでなく、胸騒ぎめいたものを、いつからか感じている。

丈右衛門は足早に歩きはじめた。

そのときだった。今度は前から目を感じた。

先まわりしおったか。

足をとめ、丈右衛門はきっと鋭い瞳を向けた。しかし、やつらしい姿は見えない。道を多くの人たちが急ぎ足で行きかっている。それに紛れているのかもしれないが、丈右衛門に見つけだすすべはなかった。

しばらくしたら目が消えた。立ちどまったまま心を静め、目が戻ってこないのを確かめる。よしとうなずいて、丈右衛門は歩を踏みだした。お知佳の住む長屋を目指す。

いいのか、会いに行って。自問したが、胸騒ぎはおさまらず、足はとまらない。

「ああ、旦那」

長屋の木戸をくぐった途端、お知佳の隣の女房が飛びつくように駆けてきた。それだけでなく数名の男たちも血相を変えて寄ってきた。

「どうした」

「いえ、あの押し入ってきて、奪ってったんですよ」

口から泡を飛ばすように女房ががなる。

「落ち着け。なにが押し入ってきて、なにを奪っていったんだ」

なだめるようにいいながら、まさか、と丈右衛門は思った。

「ああ、ええと」

「あっしが話しますよ」

横から、お知佳の向かいに住む男が助け船を出した。

「つい先刻のことですが、若い浪人が押し入ってきて、お知佳さんのところからお勢ちゃんを奪っていったんですよ」

くそっ、先手を打たれた。

ほぞを嚙《か》む思いで丈右衛門はお知佳の店に駆けこんだ。

「お知佳さんっ」

お知佳は畳の上に座りこみ、呆然《ぼうぜん》としている。丈右衛門の呼びかけに応じようとしない。きこえていないのだ。

お知佳のまわりには長屋の女房が五人ほどいて、一生懸命に慰めている。

「お知佳さん」

丈右衛門は細い肩をつかんだ。

「大丈夫か。怪我はないか」

お知佳がはっと気づいて、丈右衛門を見た。

「ああ、丈右衛門さま、お勢が、お勢が」

すがりついてくる。腕に爪が立って痛いが、お知佳の受けた心の傷にくらべれば、なにほどのこともない。

「すまん、わしのせいだ。お勢は必ず取り戻す」

「えっ、丈右衛門さまのせいって……」

「今はまだ話せん。お勢を無事に取り返してから、話す」

丈右衛門は、高倉源四郎に対する憎しみの炎がめらめらと燃えあがるのをはっきりと感じた。

どうしてこんな手をつかう。やはり血なのか。

「必ずお勢を連れて帰ってくる。待っててくれ」

なにかいいたげなお知佳を残し、丈右衛門は長屋の路地に出た。

おそらく、源四郎は永代橋あたりで網を張っていたのだろう。いずれ俺がお知佳に会いに行くと読んで。

そして俺の姿を認め、この長屋に先まわりをしたのだ。

お勢をさらったのは、俺をおびきだすためだろう。だとしたら——。

丈右衛門は長屋の者たちに向き直った。

「浪人は文やらを残しておらぬか」

「文はありませんが、稲荷裏、と叫んでましたよ」

伝言だ、俺宛《あて》の。

稲荷裏とはどこのことか。江戸には数えきれないほどの稲荷がある。

そういえば、と丈右衛門は思いだした。高倉道場の東側に稲荷がなかったか。

まちがいない。あそこだ。

お知佳のことを長屋の者に頼みこんでから、丈右衛門は駆けだした。

六

「ちきしょう、どこへ行っちまったのかな」

文之介は拳で手のひらを殴りつけた。

「多分深川にいるってのがわかってるだけだからな、捜しだすってのもむずかしいぜ」

「でも、捜し続けないと」

「わかってるさ。安心しろよ、勇七。こんなのであきらめやしねえよ。なんだかんだいっても、俺の親父だからな」

「旦那はご隠居が大好きなんですよね」

「馬鹿いうな。好きじゃねえよ」

「無理してますね」

勇七が控えめな笑みを見せる。

「永代嶋八幡宮がすぐそこですから、見つかるように神頼み、してゆきましょうか」

「いや、そんな暇はねえ。それに、もともと俺は神さまなんてろくに信じちゃいねえんだ。物事がうまく運んだとき、神さまが見守ってくれたからとかいって、運がよかったみてえによくいうけど、それだと自分がそれまで流してきた汗がまるで嘘っぱちだったみたいじゃねえか。俺はそんなのはきらいだ」

「なるほど、最近は仕事っぷりもよくなってきたけど、いうこともちがってきましたねえ。なんか自信がついてきたんじゃないですか」

「どうだかな。俺はその日の気分でちがうからな。明日になりゃ、またちがうこと、口にしてるかもしれねえ。それに――」

文之介はいたずらっ子のような目をした。

「運、てえのは探索にとって一番大事なことかもしれねえ」

「その通りでしょうが、それだって力惜しみをしてたら転がりこんでくるものじゃありませんよ」

文之介たちは油堀《あぶらぼり》沿いの道を進み、富岡橋を渡って十五間川《じゅうごけんがわ》の北岸に出た。そのまま東へ向かう。

対岸は永代嶋八幡宮の境内だ。深い木々の向こうに、本殿のものらしい巨大な屋根が見えている。

三十間川《さんじっけんがわ》に行き当たり、永居橋《ながいばし》を南へ渡るか、それとも道を戻るか文之介が思案していると、対岸の三十三間堂の東側の通りを脇目も振らずに駆ける者がいた。

なにごとかと見守っていると、永居橋を渡ってきた。すぐに文之介たちに気づき、手《た》綱《づな》を思いきり引かれた馬のように土埃《つちぼこり》をあげてとまった。

「ああ、ちょうどよかった」

汗を一杯にかいた男がほっと息をつく。

「なんだ、なにかあったのか」

男は若い。文之介たちより下ではないか。

「あっしは深川島田町の自身番からつかわされた者なんですが」

男はその若さに似合わない落ち着いた声音で告げた。

「町の長屋に浪人が押しこみ、赤子をさらったんです。それで今、長屋の者から知らせを受けて、御番所に向かおうとしていたところだったんです」

「赤子がさらわれただと」

よし行こう、と文之介はすぐさま走りだした。父のことは気になったが、今はこちらを先にすべきだろう。

「あの、お役人は確か御牧さまとおっしゃいますよね」

先導しつつ、男がきく。

「なんだ、俺を知っているのか」

「ええ、深川や本所をよくおまわりになっていますから、存じあげてますよ」

男は言葉を切り、文之介を見つめた。

「お父上は丈右衛門さまでいらっしゃいますよね」

「そうだ。父も知っているのか」

「ええ、最近、よくいらしてますから。というより、さらわれたのは丈右衛門さまがお世話をしているおなご、確かお知佳さんといったと思いましたけど、その人の赤子らしいですよ」

「なんだとっ。まことか」

「ええ、本当です」

文之介は勇七を振り返って見た。勇七はただごとではないという思いをあらわにしている。

文之介は、これは源四郎絡みなのでは、と直感した。

「おい、長屋への道を教えろ。それからおめえは番所に行って、加勢を呼んでこい」

男は文之介に道筋を伝えてから、きびすを返した。文之介たちは再び走りだした。

「どうやら父上は裏をかかれたみたいだな」

文之介が走りつついうと、勇七が深くうなずいた。

「ええ、そのおちかさんというおなごに会いに行ったというより、ご自分で源四郎とのけりをつけようとされたんでしょうね」

「そして、それを逆手に取られたんだ」

使いの言は正確で、文之介たちはあっさりと長屋に着いた。

「ああ、お役人」

顔を見知っている町役人が走り寄ってきた。

「おはやいですね」

「まあな」

文之介は丈右衛門の姿を捜した。見当たらない。町役人にきいた。

「ええ、なんでもお勢ちゃんがさらわれたあと、必ず取り戻してくるから、と木戸を飛びだしていったそうです」

「おせいちゃんというのが赤子か」

「あ、はい、さようです」

「父上がどこへ行ったかわかるか」

「ああ、それでしたら」

長屋の住人らしい女房が進み出てきた。

その女房の言葉に文之介は耳を傾けた。

「その浪人は、稲荷裏、といったんだな」

「はい、そうです」

「父上はそれをきいて、飛びだしていったんだな」

文之介は勇七を振り返った。

「はい」

「稲荷ってどこだ」

「源四郎が土地鑑のあるところの稲荷でしょうか」

「土地鑑があるといえば、やはり道場の近所かな」

「そうかもしれません。あのあたりがやつの縄張でしょうから」

「あの道場の近くに稲荷なんかあったか」

「あっしも覚えはないですが、ここは行ってみるしかありませんよ」

その通りだな。ここへやってくる奉行所の者に、高倉道場のことを必ず伝えてくれるよう長屋の者たちにいい置いて、文之介は駆けだそうとした。

思いとどまり、長屋の者たちを振り向く。

「おちかさんというのは」

「こちらですけど」

女房の一人が指をさした店を文之介はのぞきこんだ。

一人の女が立ちあがり、土間におりてきた。

「あんたがおちかさんか」

文之介はしげしげと見た。きれいな顔立ちをした若い女だ。歳は自分と同じくらいだろう。

おちかはもの問いたげな顔をしているが、目の前に立つ黒羽織が誰なのかわかったような顔をした。

「そう、俺は丈右衛門のせがれだ」

「旦那、はやく行かないと」

背中を押したげな顔で勇七がせかす。

「わかった」

文之介はおちかにうなずきかけてから、走りはじめた。勇七がうしろに続く。

七

日はすっかり暮れたが、残照が雲を橙《だいだい》色に染めている。それが地上にも映しだされているのか、そこかしこに感じられるかすかな明るみが残り火のように見えた。

それらの明るみは一膳飯屋や煮売り酒屋などから路上に漏れる明かりと重なり合って、家々の影をぼうと浮かびあがらせ、どこか子供の頃に見た光景を丈右衛門に思い起こさせた。

先ほどまで吹いていた風は夜の訪れとともにやみ、冬とは思えないほど大気があたたかく感じられる。そのせいもあり、丈右衛門は一杯に汗をかいていた。

高倉道場のある中之郷八軒町にやってきた。道場の東側にある稲荷の前に立つ。

あまり手入れのされていない稲荷だというのは薄闇を通しても知れた。

ぜえぜえと荒い息を吐きつつ、丈右衛門は境内《けいだい》に入った。

稲荷の裏は板塀になっていたが、そこに体を入れられるだけの隙間があった。

丈右衛門は用心しつつ体をねじこんだ。そこは原っぱになっていた。

思っていた以上の広さがある。草はほとんど枯れて地面に倒れていた。

丈右衛門は息を吸い、源四郎と呼びかけようとした。

その前に茂みの陰から男がふらりとあらわれた。

丈右衛門はにらみつけ、大股《おおまた》に近づいていった。

三間ほどの距離を置いて足をとめる。

「一人か」

源四郎が低い声できく。

「きかずともわかっているであろう」

「まあな」

源四郎を凝視しつつ丈右衛門は足場をかためた。

「お勢はどこだ」

「元気でいる。案ずるな」

源四郎が笑いかけてくる。

「あれはきさまの子か」

「ちがう」

「らしいな。なんでもわけありだそうじゃないか。——そんな目をするな。ちょっと調べさせてもらっただけだ」

丈右衛門は深く息を入れた。

「なにゆえこのような真似をした。俺をこの場に呼び寄せるためなら、赤子を人質にするまでもなかっただろう」

「人質を取れば、きさまは必ず一人で来る」

「そんなことをせずとも一人で来たさ。——しかし血は争えんな」

丈右衛門は言葉に嘲《あざけ》りをこめた。

「どういう意味だ」

目を怒らせ、源四郎が一歩踏みだす。

「こんなことをしなかったら、わしもいう気はなかったのだが」

源四郎がごくりと息をのんだ。

「知りたいようだな」

「ああ、教えろ」

飢えに苦しむ者が白飯を目の前にしたときを思わせる瞳だ。

「高倉伊太夫は教えてくれなかったのだな。気持ちはわかる。わしだって、いいたくはない」

源四郎がさらに寄ってきた。挑むような目をしている。

「そんなにききたいのか。だったら、お勢を返せ」

「いわずば赤子を殺す」

本気とは思えなかったが、こんなことでお勢の命を秤《はかり》にのせるわけにはいかない。

よかろう。丈右衛門はうなずいた。

「心してきけよ」

そうはいったものの、丈右衛門はしばらく間を置いた。

「どうした、はやくいえ」

「そんなに焦るな」

丈右衛門はゆったりとした口調で語りはじめた。

「きさまの父権太夫は、病気にかかった我が子を救うために赤子をさらってては殺していたんだ」

「赤子を。父はどうしてそんな真似をした」

丈右衛門は胸を押さえた。ときをかけたおかげでようやく動悸《どうき》が元に戻ってきている。

「さらった赤子を殺し、きさまに生き肝を飲ませていた」

「なんだと」

さすがに源四郎は信じられない顔だ。かすかによろめいた。

丈右衛門はこの機をつくかと考えたが、そのときにはすでに源四郎は体勢を戻していた。

「——嘘だ」

「嘘ではない」

丈右衛門はいい放った。

「血は争えんな、という言葉が腑に落ちただろう」

源四郎は唇をぐっと嚙んだ。それからなにかつぶやいた。しばらく目の前に丈右衛門がいるのを忘れたかのように下を向いていた。

源四郎がゆらりと首を動かした。あげた顔には笑みが浮かんでいた。激しい戦を終えたばかりの鎧《よろい》武者のような凄惨《せいさん》さ。どこか鬼に通ずる表情だ。

「そうか、あの雑炊がそうだったのか。だが、すごくうまかったぜ。今も忘れられん味だ」

源四郎は舌なめずりをした。

「あんなにうまいのなら、俺もつくってみるかな。誰の生き肝をつかうかは、いわずともわかるよな」

丈右衛門は憐《あわ》れみの目で源四郎を見た。

「強がらずともよい」

源四郎が瞳に力をこめ、にらみつけてきた。

「確かに父がしたことは鬼畜の所行といわれても仕方がなかろう。しかし、きさまはそんな父をとらえもせず、斬り殺したのだろうが」

「ああ、斬ったさ。しかし斬ったのは、きさまの父親が俺の同僚を二人、無慈悲に斬り殺したからだ」

「嘘をいうな。きさまらは常に刃引きの長脇差ではないか。はなから殺すつもりだったから、刀を用意してあったんだろう」

「ちがう。わしがつかった得物《えもの》は、検使与力《けんしよりき》から借りた刀だ」

「嘘だ」

「嘘ではない。だが、わしは権太夫を斬ったことを悔いてはおらぬ」

「おのれっ」

抜刀し、源四郎が斬りかかってきた。

丈右衛門も脇差を引き抜いた。

上段から落ちてきた刀を丈右衛門はがきん、と受けた。膝を崩しかけたほどの強烈な斬撃《ざんげき》だ。

胴を狙われ、さらに逆袈裟がやってきた。丈右衛門はいずれもはね返したが、源四郎が振るう刀の重さに正直、舌を巻いていた。まさに全身の力すべてが刀身に集まっている。

父の権太夫も重い剣だったが、せがれとはくらべものにならない。ほんの三回受けただけだが腕がしびれ、腰には鈍い痛みが走りはじめている。相当の衝撃が背骨に与えられているのだ。

若いときならともかく、と丈右衛門は思った。年老いて骨も弱くなっているはずだ。いつまでもこれだけの斬撃を受け続けてはいられない。

しかし、どうすればいい。刀を差してくるべきだったか。

そうすべきだった。源四郎に狙われやすくするためにわざと脇差にしたのだが、刀を帯びていたとしてもこの男は同じ真似をしていただろう。

動きをとめ、源四郎がじっと見ている。

「なんだ、悔いてる顔だな。得物か。ふむ、脇差で俺に勝てるわけがない。いくら、きさまの腕が俺よりまさっているとしても」

すっかり深まった闇のなかで、ふふ、と笑いをこぼした。

「行くぜ」

地を蹴り、源四郎が再び斬りかかってきた。

丈右衛門は胴に振られた刀を打ち落とし、はねあがってきた刀を顔と背をそらすことで避けた。それでも顎のあたりをかすられた気がした。

確かめている暇はなかった。源四郎が深く踏みこみ、袈裟斬りを見舞ってくる。丈右衛門は打ち返し、源四郎の懐に入ろうとした。

その狙いがわかったはずだが、源四郎はうしろに下がることなく逆胴に刀を持ってきた。うなりをあげて刀が旋回する。丈右衛門は足に力をこめ、その場にかろうじてとどまった。

もし突っこんでいたら、体を両断されていた。冷や汗が鬢から頬へ流れ落ちてゆく。

音もなく源四郎が突進してきた。丈右衛門は下がればやられると判断し、自らも足を大きく踏みだし、源四郎を迎え撃つ姿勢を取った。

腕を弾き飛ばされた。丈右衛門が一瞬そう錯覚したほどの強烈な衝撃が体を震わせた。

全身に力を入れて見直すと、源四郎の刀が丈右衛門の脇差と交差していた。鍔迫《つばぜ》り合いだ。

源四郎が刀でぐいぐいと押してくる。丈右衛門も負けずに押し返そうとしたが、腰を猛烈な痛みが突き抜けていった。顔をゆがめることなく、丈右衛門はなんとか踏んばった。

刀身のほんのわずか先に、源四郎の顔がある。闇のなかでも目が血走り、口許から泡のような白いものがわずかににじみだしているのがわかる。丈右衛門を食い殺したい、といった凶暴さがあらわになっていた。

「歳の割にしぶといな」

源四郎が歯を見せていう。

「きさまも若造のくせになかなかやる」

「ほざいてろ」

源四郎がさらに力をこめ、丈右衛門をうしろへ追いやろうとした。鍔迫り合いの場合、先に離れたほうがまちがいなく不利になる。ここで離れるわけにはいかなかったが、力は源四郎のほうがはるかに上だ。

源四郎は得意の形に受けとめた力士のような自信満々の顔で、じりじりと押してくる。こらえきれなかった。ついに丈右衛門はうしろにはね飛ばされる形になった。ここぞとばかりに源四郎が存分に腰の入った袈裟斬りを繰りだしてきた。

丈右衛門には落ちてくる刀がはっきりと見えた。しかし腕が思うように利かない。なんとかぎりぎりで打ち返した。だが右膝がかくんと折れ、体勢が右に傾いた。

源四郎が胴へ打ちこんできた。丈右衛門は脇差を立て、受けとめたが、岩にでもぶち当てられたような打撃で、体がふらついた。

しかしすげえ野郎だ。これじゃあ受けるのが精一杯で、攻勢には転じられねえな。

体勢を立て直しつつ丈右衛門はあきれたように思った。

いつからか源四郎が刀を構え、動きをとめている。さすがに疲れたのか。

「あんた、まだ余裕があるな」

闇のなか、猫のように瞳が光っている。

「俺を殺す気がないように思えるが……」

源四郎の目はじっと丈右衛門に当てられたままで、瞬《まばた》かない。

「ははあ、きさま、本当はちがうんじゃないのか」

合点がいったようにうなずいた。

「なんの話だ」

丈右衛門はひそかに息を入れた。

「父を斬ったことに悔いはないといったが実は悔いているんだろう。本当は、もう二度と人を手にかけたくないんじゃないのか」

ふん、と源四郎が鼻で笑った。

「甘いじじいだぜ。俺をとらえようと考えているのか。その甘さが命取りになるぜ。俺を、父と同じように斬り殺さん限りはな」

八

源四郎がだらりと刀尖を下げた。静かに息をしている。殺気が徐々に源四郎の体に満ちつつある。

源四郎の筋骨が盛りあがり、一段と迫力を増した。息をととのえ終えたらしく、刀を上段に構えるや、振りおろしてきた。

脇差で受けたら叩き折られそうな斬撃で、丈右衛門は下がることでかわした。源四郎はもう一度上段から打ちおろしてきた。これも丈右衛門は下がってよけた。

またも源四郎は上段から刀を叩きつけてきた。これも丈右衛門は避けたが、源四郎は今度は刀を引き戻さず、そのまま地面に叩きつけた。

これは、と丈右衛門は思った。文之介がやられそうになった剣だ。

そうさとった瞬間、地面が揺れ、丈右衛門の体勢は泥に足を取られたように崩れた。

源四郎が躍《おど》りかかってきた。両手を大きく振りかぶったその姿は闇に舞う怪鳥《けちょう》のようだ。

まずい。さすがに丈右衛門は焦りを覚えた。このままでは殺られる。

丈右衛門は脇差を、間に合ってくれとばかりに振りあげた。

手応えはなかったが、きんと乾いた音が夜空にこだました。

なにがどうなったのかわからなかったが、とにかく斬られてはいない。

「きさまっ、また」

源四郎が怒号を発した。それで誰が助けに来たのか、丈右衛門は察した。

「きさまから斬り殺してやる」

叫びざま源四郎が鋭い足さばきで右手に立つ影に突っこんでゆく。

文之介っ、と丈右衛門は心で声をあげた。

長脇差を手にした文之介は、振りおろされた刀を軽々と弾き返した。丈右衛門が目をみはったほどの技の切れだ。


「父上、大丈夫ですか。生きてますか」

長脇差を構えて、文之介は声をかけた。

「当たり前だ」

ややしわがれた声が答える。それが父の追いこまれた苦境を感じさせて、文之介の胸はつまった。

許さん。

眼前に立つ黒々とした影を見つめる。霧と化して漂い出るような殺気が文之介にまとわりつき、呼吸すら苦しくさせている。文之介は全身に力をこめ、それを払いのけた。

「旦那……」

勇七がわずかに寄ってきた。

「勇七、下がってな。俺がこいつを倒してやる」

「ずいぶん自信があるじゃねえか。この前、死にかけたくせに」

口をゆがめて源四郎があざ笑う。

ふん、と文之介は笑い返した。

「今度はこの前みたいにはいかんぞ」

「ほう、見せてもらおうか」

文之介は長脇差を正眼に構え直した。

「きさまも刃引きか。そんなので俺と渡り合おうというのか。親子で甘い連中だぜ」

「いうのはそれだけか」

文之介は、父を殺されかけた怒りを心の奥底に沈め、冷静になった。ここは心気を静め、落ち着いてやらなければならない。

体にこわばりがなく、腕に震えがないのを確かめる。息を吸って静かに吐き、呼吸をとめて一気に突っこんだ。

長脇差を袈裟に振り、避けられたのを見て胴に返していった。これは刀に弾かれたが、源四郎の刀がやや流れた。文之介は懐に躍りこみかけた。

「危ないっ」

父の声が耳を打つ。文之介は足に力を入れて、その場に踏みとどまった。

「親父のおかげで命拾いをしたな」

文之介を見て源四郎が低く笑う。文之介は見返した。

「相変わらずせこい手をつかうな」

「せこかろうとなんだろうと、勝ちゃいいんだよ」

行くぞ。源四郎が宣し、つつと氷の上を進むような足さばきで近づいてきた。のしかかるようにその姿が大きく見えた瞬間、刀が振られた。袈裟から逆胴へ変化する技で、文之介はうしろに下がって避けたが、源四郎は再び刀で地面をずんと叩いた。

足元が揺れ、文之介はよろけかけた。

いきなり決めにきやがった。これは、と文之介は冷静に考えた。父を相手にして、さすがに疲れているのではないか。

源四郎が眼前に迫ってきている。刀がぶうんと風を切り、文之介の体を両断しようとする。

「旦那っ」

勇七の声がし、耳元をなにかが通りすぎていった。

捕縄だった。源四郎が刀を振り、びしりと弾いた。

「邪魔をしおって」

燃えるような瞳を勇七に向ける。文之介はその隙を見逃さず踏みこんだ。

「待ってたぜ」

またも罠《わな》だった。

刀が胴を狙ってきた。文之介は長脇差で受けとめた。あまりの衝撃の強さに体がはねあがりそうになる。

そのときには源四郎の刀は上段から打ちおろされていた。文之介は長脇差で打ち払った。

間髪を容れず突きがきた。文之介は身をひらいてよけ、源四郎の脇腹に長脇差を打ちこもうとした。

そこに源四郎はいなかった。右手にまわりこんでいる。気配でそうと察し、文之介は左へはね飛んだ。今まで体があったところに猛烈な風が吹きすぎる。

文之介は源四郎に向き直ろうとした。刀が顔面に襲いかかろうとしている。

文之介は体勢を低くすることでかわしたが、燕《つばめ》のように刀が反転し、胸を切り裂こうとした。

文之介は綱で引かれたように背後に飛びすさった。源四郎の斬撃は空を切った。

「旦那ぁ」

勇七が悲鳴のような声をだす。危機の連続に見ていられないようだ。

「勇七、女みてえな声、だすんじゃねえや」

文之介は吐く息も荒く叱りつけた。

文之介だけでなく、源四郎の肩も激しく上下している。あれだけ刀を振り続ければ、どんな手練だろうと疲労が全身を包みこまないわけがない。

文之介はちらりと父を見た。勇七の横に立ち、脇差を手にこちらを見つめている。せがれの戦いぶりを黙って見守る風情だ。

源四郎がまたも刀をだらりと下げ、刀尖を地につけた。そのまま身じろぎもせずにいる。

文之介はじっと見た。源四郎の体に再び殺気が満ちてきている。一杯になる前になんとかしたいが、目の前の男には隙がない。踏みこんだところで倒すことはできない。

またも源四郎の体がふくらんだように大きくなり、文之介に覆いかぶさらんばかりになった。

文之介はぐっと唇を嚙み締めて長脇差を構え、体に巻きついてこようとする源四郎の幻といえる影を振りほどこうとした。

源四郎がずんと地面を刀で打った。地面が揺れたが、さほどのものではない。さらに打ち続けた。

文之介は一カ所にとどまっているのは得策ではないと断じ、動いたが地面の揺れはどこまでも追いかけてきた。

文之介は腹を決め、長脇差を構えて源四郎と対峙《たいじ》した。

ずん、ずんと地面の揺れはだんだんと大きくなり、立っていられないほどになった。

大きく振りかぶった源四郎が、さらに刀を思いきり打ちおろす。ずんとこれまでで一番の音がした。

文之介はよろけ、体が大きく傾いた。

地を蹴り、源四郎が飛びこんできた。上段に振りあげた刀を袈裟に振りおろしてくる。

体勢を立て直そうと思えばできた。しかし、ここはもう観念したと思わせるほうが得策だ。罠にかけてやる。奥歯を噛み締めて、文之介はぎりぎりまで我慢した。切っ先が体に触れたか触れないかまで見極めて、さっと右に動いた。すかさず大きくあいた脇腹に長脇差を振ってゆく。どすと鈍い音が立つ。

「なにっ」

源四郎が信じられんという顔で向き直る。刀を上から振りおろしてきたが、すでに切れはまったく失われていた。文之介はあっさりとよけ、渾身《こんしん》の一撃を顔面に見舞おうとした。

「殺すなっ」

叫び声が闇を裂く。文之介ははっとして長脇差を引いた。長脇差でも顔を打たれれば、命を失いかねない。

苦しげに体をよじった源四郎が、なおも刀を振ってきた。

文之介はそれもかわし、がら空きの胴に向けて長脇差を振り抜いた。

どん、と肉を打つ手応えが伝わってくる。

苦悶《くもん》の表情を残して、源四郎が地面に倒れこむ。力の入らない腕を動かし、必死に立ちあがろうとするが、もはやそれもままならない。

文之介は源四郎の刀を蹴りあげた。腕を離れた刀は地面で一度はねて、動きをとめた。

文之介はすばやく手を伸ばし、源四郎の脇差を鞘《さや》ごと引き抜いた。

それを腰におさめて、ふうと大きく息をついた。荒い息がおさまらない。指がかたまってしまったようで、長脇差に貼りついている。

「勇七、縄を打ちな」

へい、と勇七が進み出て、源四郎を縛りあげた。

「ほら、立ちな」

勇七がぐいと縄を引く。

腹の痛みに顔をしかめた源四郎は、ふらふらしつつも立ちあがった。ぐっと顔を近づけるようにしてにらみつけてくる。

「きさま、やりやがったな。せこい手、つかいやがって」

文之介は見おろすようにした。

「決してせこい手ではなかったぜ」

くっ、と源四郎が悔しげに顔をゆがめる。

「これで終わったと思うなよ」

「馬鹿をいうな。これで終わりさ。おまえは獄門台行きだ」

源四郎から目を離して文之介は丈右衛門を見た。

「よくやった」

ほめたたえながら近づいてきた。顔は蒼白《そうはく》だ。いかにも疲れきっている。

「でも人殺しにならずによかったな。おまえには、人殺しの気持ちなど味わってもらいたくないんだ」

その言葉は胸にしみた。

「ありがとうございます」

自然に文之介の頭は下がった。

「あとはお勢だな。——おい、どこへ隠した」

語気鋭く丈右衛門が源四郎にきく。

「さて、どこかな。もうとっくに凍え死んでるんじゃねえか」

丈右衛門が源四郎の頰を張った。ぱしん、という音が深閑とした原っぱに響き渡る。

そのとき、それを合図にしたかのように赤子の泣き声がきこえてきた。

どこだ。

どうやら茂みのほうだ。

文之介たちは駆けた。勇七がなかなか歩こうとしない源四郎を必死に引っぱっている。

文之介は茂みの前で立ちどまった。泣き声が大きくきこえている。丈右衛門がわけ入ってゆく。

茂みのなかでごそごそやっていたが、やがて満足そうな顔で出てきた。胸には赤子が抱かれている。

文之介はごくりと息をのんだ。

「あの、父上、その子はそれがしの弟……いや、妹ですか」

勇七も目を見ひらき、啞然《あぜん》としている。丈右衛門があっけにとられたような顔をした。

「なにを勘ちがいしておる」

すぐさま丈右衛門が事情を語った。

「ふーん、そうなのですか。今のはつくり話ではないのですよね」

文之介は疑い深げな顔を向けた。

「当たり前だ」

「ふーむ、なるほど」

文之介は一応はうなずいてみせたが、決して納得したわけではなかった。

九

「丈右衛門さま、長々とお世話になり、感謝の言葉もございません」

畳に手をついて、お知佳が深々と頭を下げる。

「いや、礼なんかいいんだが」

丈右衛門は、お知佳のかたわらに正座している男を見やった。

「おぬし、甚六《じんろく》といったな」

はい。男がかしこまって答える。

丈右衛門は肩を怒らすようにした。

「ずっとお知佳さんを捜していたってことだが、どうやって見つけた」

「人手をかけました。人相書をつくってかなりばらまきましたし」

「若い妾《めかけ》はどうするんだ」

「暇を与えました。もう一切関係はございません」

「お知佳さんが戻った途端、よりを戻すなんてことはねえんだろうな」

「はい、ございません」

真剣な顔で甚六がいいきった。お知佳はそんな夫を頼もしそうに見ている。

「姑《しゅうとめ》はどうなんだ。またお知佳さんをいじめるなんてことは」

「はい、そのことはしっかりいいきかせました。おっかさんもお知佳に出ていかれて、家にとってどれだけ大事だったか思い知らされたようですし」

「そうか」

しかし、丈右衛門はまだいい足りない気分だった。

「おい、お知佳さんを不幸にしたら、ただじゃすまさねえぞ」

どすのきいた声で脅す。

「いいか、全身全霊をこめてお知佳さんを幸せにしろ。わかったか」

顔を近づけ、丈右衛門はぐっとにらみつけた。

「よくわかっております。申しわけございませんでした」

幾多の罪人と戦い、捕縛してきた丈右衛門の厳しい眼差しにさらされたが、甚六は平然としている。

ほう、こいつは、と丈右衛門は思った。歳はまだ三十をいくつかすぎた程度だろうが、なかなかの胆の持ち主だ。

むっ。丈右衛門はお知佳の夫を見直した。

その目に、修羅場をくぐり抜けてきているらしい光を見たのだ。

何者だ、こいつは。ふつうの商家の旦那とはとても思えない。裏でなにかしでかしているのとちがうか。

丈右衛門は、お知佳とお勢の将来に不安を感じた。行かせるべきではないのではないか。

「どうかされましたか」

甚六がていねいな口調できいてくる。

「いや、なんでもねえ」

もう一度お知佳を見た。眠っているお勢をお知佳は抱きあげ、おんぶしようとしていた。その顔は喜びに輝いているが、それは我が子を再び抱けたという思いだけではないようだ。

なにもはじまらずに終わっちまったか。

だが、これでいい。

丈右衛門は自分にいいきかせた。

「お知佳」

やさしげな眼差しを注いで甚六が声をかけた。

「そろそろいいかな」

はい。お知佳がにっこりと答える。

その笑顔を向けられている男に、丈右衛門は妬心〔としん〕を覚えた。くっと歯を嚙み締めることでこらえる。

「丈右衛門さま、本当にありがとうございました」

お知佳があらためて頭を下げる。

「元気でな」

「ありがとうございます」

こうべを深く垂れてからお知佳が立ちあがった。

路地には長屋の者がほとんど全員、集まっていた。

「お知佳さん、本当に行っちゃうのねえ」

「お知佳さん、元気でね」

「また遊びに来てね」

女房たちが涙をぬぐいつつ口々にいう。いちいち返事をしながら、お知佳も涙ぐんでいる。

「本当にお世話になりました。このご恩は一生忘れません」

お勢をおんぶしたお知佳が遠ざかってゆく。その横には甚六がついている。

丈右衛門はただ見送るしかなかった。

「あーあ、行っちまった」

男が残念そうにつぶやく。

「これでまたこの長屋は、細工に不のつく女だけになっちまったなあ」

「なんだ、それは」

丈右衛門はきいたが、すぐに理解した。

「なによ、それ」

女房の一人がたずねる。

「わかんなきゃいいんだよ」

「ああ、わかったわ」

別の女房が大きな声をあげ、男をにらみつける。

「つまり不細工ってことね」

「お知佳さんがいてくれただけで、この長屋も明るかったんだがなあ」

「ちょっと、あたしたちでも十分に明るいでしょうが」

「無理無理」

顔をしかめて男が手を振った。丈右衛門を見る。

「ねえ、旦那。酒でも飲みませんか」

「あら、いいわねえ」

同意するのは女房たちのほうがはやかった。

「私、肴《さかな》つくるわ」

「私も」

丈右衛門には、寂しさを酒で紛らわそうとする気持ちが十分に伝わってきた。

今は自分も酔っ払いたい。丈右衛門は長屋の者たちを見渡した。

「だったらわしは酒を買ってくるかな」

十

「ねえ、その若い浪人はそのあとどうなったの」

「なんだ、まだ知らなかったのか」

「だって誰も教えてくれないんだもの」

文之介はうしろを歩くお春を振り返った。

「高倉源四郎は斬首になった」

一度は、源四郎に殺された師範代の川田太兵衛の兄から仇として身柄を求められたが、町奉行の判断で却下されたのだ。

「そう、斬首」

お春がぽつりとつぶやく。

「人を手にかけ、赤子をかどわかしたんだ。どうしようもないさ」

そうよねえ。お春が小さく首を振る。

「ああ、そうだ。おじさま、いい人がいたのよね」

「ああ、しかも子までつくっていやがった」

「ええっ、本当なの」

「本人は認めなかったが、あれは似ていたぜ。俺は親父の子だと思うな。——どうだ、あきらめがついたか」

お春が見返してきた。

「おじさまがちがうっておっしゃってるんだったら、おじさまの子じゃないわよ」

「どうだかな。今夜だってこんな刻限になっても帰ってこないのは、あの女のところにいるからだろうぜ」

お春がきらりと瞳を光らせた。

「ねえ、あなたにもいい人がいるんでしょう」

「なんだ、そりゃ。誰がそんなこと、いったんだ」

「誰でもいいでしょ。すごくきれいな人だってきいたわよ」

それで誰が話したかわかった。

「勇七か。あれは俺のいい人なんかじゃない、あいつが惚れてるんだよ」

「勇七さん、そんなこといってなかったけどな。どうするのよ、その人と」

文之介は顎をなでさすった。

「そうだな、つき合ってみるのも悪くないか」

お春がにらみつけてきた。

「私のこと、かわいいとかきれいとかいってたのは嘘だったの」

文之介はお春をまじまじと見た。

「妬いているのか」

「そんなわけないでしょ」

ふん、とお春は横を向いた。

「なんだ、図星だったようだな」

「そんなこと、あるわけないでしょ」

気を取り直したようにお春がすぐに話しかけてきた。

「ねえ、私がどうしておじさまになついているか、気にしてたわよね」

「ああ」

「調べたの」

「あ、ああ……」

「なに、その煮えきらない返事は」

「調べたけど、わからなかった」

お春が前に出て、じっとのぞきこんでくる。

「嘘、ついてない」

「ついてないさ。つくほどのことでもないだろ」

「まあ、そうなんだろうけど」

源四郎の父の権太夫に最後にかどわかされたのがお春だったとはとてもいえない。権太夫の事件を知っている者すべてが口を閉ざし続けていた理由はこれだった。

お春はあと一歩まちがえば、生き肝を取られていたのだから。

また文之介は、又兵衛が丈右衛門に頭があがらないわけも知った。その事件で又兵衛は危うく権太夫に斬り殺されかけたところを、丈右衛門に救われているのだ。

藤蔵が丈右衛門を深く信頼している理由もこれだったのだ。

「なに、どうしたの。急に黙りこくっちゃって」

お春がまた見つめてきた。文之介は潤んだような瞳を目の当たりにして、また下腹がたぎってくるのを感じた。

こんなときに馬鹿、なにやってんだ。親の心、子知らずだな。

文之介は体の向きを変えた。

「なに、どうしたの」

「いや、こっちの都合だ」

「なんか変ね」

「男はみんな変なんだよ」

「みんなってことはないだろうけど。ああ、そういえば、あなた、この前、組屋敷内で粗相、したんだって」

「粗相だって。ああ、立ち小便か。ありゃ、しょうがなかったんだよ。でもお春、なんでそんなことまで知ってんだ。それも勇七か。あの馬鹿、なんでもかんでもぺらぺらしゃべりやがって」

「町方同心がそんなことしちゃ、駄目でしょ。ただでさえよくない評判がさらに落ちたらどうするの」

文之介はお春に向き直った。

「あれはな――」

いいかけたとき、お春があっという顔をし、馬鹿、といって走っていった。

なんだ、なにがあった。

あっ、と文之介は気づいた。着物のあわせのところが異様に盛りあがっている。下帯で押さえているとはいえ、文之介も若いだけに勢いが強い。

そうこうしているうちに、お春は三増屋に駆けこんでいった。くぐり戸を閉じる前に、文之介を見て、あっかんべーをした。

ああ、行っちまったか。こら、おまえのせいだぞ。

文之介は殴りつけた。

いてえ。文之介は飛びあがった。涙が出るほど痛かった。

あまりの痛みに文之介はうずくまったまま動けなかった。

夜空を見あげる。明るい月が出ていた。師走には似つかわしくない、春を思わせる風が吹き渡ってゆく。

文之介は、はあとため息をついた。

俺はいったいなにをやってるんだ。

二〇〇五年一月　徳間文庫

光文社文庫

長編時代小説
春《はる》風《かぜ》そよぐ　父子《おやこ》十手《じって》捕物《とりもの》日記《にっき》
著　者　鈴《すず》木《き》英《えい》治《じ》

2020年8月20日　初版1刷発行

発行者　鈴木広和
印　刷　堀内印刷
製　本　榎本製本

発行所　株式会社　光文社
〒112-8011　東京都文京区音羽1-16-6
電話（03）5395-8149　編集部
8116　書籍販売部
8125　業務部

ISBN978-4-334-79075-2　Printed in Japan

組版　萩原印刷

光文社時代小説文庫　好評既刊

本所騒乱　稲葉稔
紅川疾走　稲葉稔
浜町堀異変　稲葉稔
死闘向島　稲葉稔
どんど橋　稲葉稔
みれん堀　稲葉稔
別れの川　稲葉稔
橋場之渡　稲葉稔
油堀の女　稲葉稔
涙の万年橋　稲葉稔
爺子河岸　稲葉稔
永代橋の乱　稲葉稔
男泣き川　稲葉稔
隠密船頭　稲葉稔
七人の刺客　稲葉稔
謹慎　稲葉稔
激闘　稲葉稔

一撃　稲葉稔
裏店とんぼ　決定版　稲葉稔
糸切れ凧　決定版　稲葉稔
うろこ雲　決定版　稲葉稔
うらぶれ侍　決定版　稲葉稔
兄妹氷雨　決定版　稲葉稔
戯作者銘々伝　井上ひさし
馬喰八十八伝　井上ひさし
光秀曜変　岩井三四二
三成の不思議なる条々　岩井三四二
甘露梅　宇江佐真理
ひょうたん　宇江佐真理
彼岸花　宇江佐真理
夜鳴きめし屋　宇江佐真理
破斬　上田秀人
熾火　上田秀人
秋霜の撃　上田秀人